Hannelore Witczak

... da war ich plötzlich ne Ostpocke!

Begebenheiten auch auf Klos

Hannelore Witczak

... da war ich plötzlich ne Ostpocke!

Re Di Roma-Verlag

Bibliografische Information der Deutschen Nationalbibliothek:
Die Deutsche Nationalbibliothek verzeichnet diese Publikation in der Deutschen Nationalbibliografie; detaillierte bibliografische Daten sind im Internet über http://dnb.ddb.de abrufbar.

ISBN 978-3-86870-421-1

Umschlagillustration: Nadine Platzek / photocase.com

www.rediroma-verlag.de
11,95 Euro (D)

Dieses kleine Buch möchte ich
meinem Vater und meinen Omas
widmen

Leider können sie es nicht mehr lesen,
aber ich weiß, dass sie mir beim Schreiben
zugesehen haben und das hat immer
neue Ideen und Erinnerungen einfließen lassen

Ich weiß auch,
dass die Drei Spaß an der Lektüre gehabt hätten,
denn sie hatten einen wunderschönen Humor,
den ich damit weiterleben lassen möchte

INHALT

Einleitung

Als im Jahr 1999 wieder einmal das Jubiläum des Falls der Berliner Mauer anstand, las ich in meiner regionalen Zeitung einen Aufruf.

Die Redaktion fragte die Leser, ob denn jemand Fotos, Geschichtchen oder sonst irgend etwas beisteuern könnte.

Die Ausgabe am 10. Jahrestag wollte darüber in besonderer Form berichten.

Offensichtlich fand dieser Aufruf große Resonanz, so dass die Zeitung schon Wochen vor dem eigentlichen Ereignis mit der Berichterstattung begann.

Das war dann eines Tages für mich der Anlass, auch etwas dazu beizutragen.

Also setzte ich mich hin und begann zu schreiben. Und wenn ich mal anfange, wird es meist länger!

Es entstanden viele viele Seiten, die ich an die Leserbriefredaktion schickte. Und siehe da, die veröffentlichten alles, ungekürzt. Das war mehr als eine halbe Seite im Zeitungsformat!

Irgendwie hat es der Leserschaft gefallen. Der Redaktionsleiter „klopfte“ bei mir an und bat um mehr.

So entstand eine kleine Serie, die über ein Jahr verteilt, in der Lokalausgabe veröffentlicht wurde.

Danach war dann erstmal Schluss.

Jedoch sind mir aber immer weitere kleine Geschichtchen eingefallen, die ich zu Papier bringen wollte, und so entstand die Idee zu diesem kleinen Buch.

Es ist schon erstaunlich, was mir so alles auffällt, wenn ich durch die Welt gehe. Und es ist auch erstaunlich, wie viele Begebenheiten beschmunzelbar sind.

Mir bereitet es große Freude, meinen Mitmenschen „aufs Maul" zu schauen, und ich hoffe, dass die, die sich in den folgenden Geschichten vielleicht wieder entdecken, nicht mit mir zürnen.

Ich möchte doch nur, dass andere beim Lesen auch ein wenig schmunzeln können, gibt es doch oft in unserem Leben nicht viel zu Lachen, und lachen ist doch so schön!

Blaue Bauchfalte

Unser Haus hatte nur einen kleinen Keller, der war nicht sehr hell und auch ein bisschen feucht und nicht sehr gemütlich.

Mein Vater neigte dazu, öfter mal den zweiten Schritt vor dem ersten zu machen, und bei dem Gedanken sich eine kleine Werkstatt einzurichten war es erst mal einfacher, den Boden zu nutzen, als den kleinen unwirtlichen Keller nutzbar zu machen.

Der Boden hatte nun wieder den Makel, nicht übermäßig hoch zu sein, der war für recht kleine Leute konzipiert.

Papa war ein bisschen klein, jedoch war die lichte Höhe des Bodens sogar für ihn recht knapp bemessen. Da wurde er wieder zum Tüftler und Erfinder.

Einem alten Tisch wurden die Beine halb amputiert, aus einem ollen Holzstuhl wurde ein kurzbeiniges Stühlchen. Das sah dann so ein wenig wie eine Puppenküche aus, aber es passte. Vater saß da, stolz wie ein König über seine, im wahrsten Sinne des Wortes, Kleine Werkstatt.

Nun wurde ein alter Küchenschrank in der Mitte geteilt, ihm wurden alle vier Beine genommen und schon passte er rechts und links vom Tischchen als Beistellregal.

Nun folgten noch niedliche kleine Regälchen, die über Kopf in die Dachschräge eingepasst wurden. Vaters Puppenstübchen-Werkstatt nahm mehr und mehr Form an.

Jetzt kam das Wichtigste: Die Werkutensilien. Ein Schraubstock wurde dem Tisch aufgepflanzt, ein Gestänge für die

Bohrmaschine fand auch noch Platz, Vater war sehr mit sich zufrieden.

Auch seine Werkzeuge passten in die Schränkchen. Es wurden extra Steckdosen installiert, Lampen angebracht, schließlich hatte er das elektrische Handwerk mal gelernt.

Immer mehr Stunden verbrachte er in seiner Kleine-Leute-Werkstatt auf dem Boden. Für Mutter und mich war nur die ständig offene Bodenklappe ein wenig hinderlich und stand im Weg. Das war nämlich keine richtige Treppe, sondern so eine zum heraus-und-herunter-zu-ziehende, die dann immer in der kleinen Veranda jeglichen Durchgang blockierte. Auch wurde es bei uns unten öfter mal recht kühl, weil die damals noch mühsam erzeugte Wärme nach oben durch die offene Klappe abzog.

Aber egal, Papa war zufrieden, also waren wir es auch.

Jede Gelegenheit wurde von ihm genutzt, um da oben mal eine Schraube hier und einen Nagel da zu befestigen. Was früher auf die Schnelle irgendwo bearbeitet wurde, wurde nun nach oben geschleppt, um dann fachmännisch behandelt zu werden.

Immer wenn der Papa verschwunden war merkten wir an unseren kalten Füßen, dass die

Bodenklappe wieder offen stand. Auch heftige Hammerschläge, Gebohre oder Gesäge verrieten den Vater auf dem Dachboden.

Es entstanden nette Dinge dort oben. Unser Familienoberhaupt entwickelte sich zu einem wahren Heimwerkerkünstler. Nur wenn er allzu lange dort oben ausharrte musste er sich erst wieder, unten angekommen, auf Normalmaß strecken. Dabei wurde er nicht wirklich größer, aber wieder gerade.

Dann kam Der Tag. Mutter und ich waren unten mit irgendetwas beschäftige, Papa krempelte oben im Puppenstüben-Werkstättchen herum. Die Welt schien in Ordnung.

Da gellte ein Schrei durch unser Haus. Nicht irgendein Schrei, sondern ein ganz grauenhafter, lang anhaltender, fast unmenschlicher Schrei.

Das Blut gefror in unseren Adern, wir standen wie versteinert.

Mutter war die erste, die sich aus der Starre befreite. Sie rannte hin und her, stürzte von Fenster zu Fenster und sah nichts.

Der Schrei wurde lauter, bekam verschiedene Höhen und Tiefen, wir erkannten Vaters Stimme.

Mit einem Ruck drehte sich die Mutter um, stürzte und stolperte die Leiter zum Boden hinauf. Ich getraute mich nicht, mich zu rühren. Bei so einem Geschrei wurde ich zur Memme und überließ es der Mutter, die Ursache zu ergründen.

Dann war es plötzlich still, totenstill. Sekundenlang hörte ich weder das Knarren der Bodentreppe noch hörte ich Schritte da oben.. Aber dann....

Mutter kam die Treppe wieder herunter, lachte, kicherte, prustete und war ganz rot vor Erregung im Gesicht. Sie konnte sich gar nicht einkriegen.

Und ich wusste immer noch nicht, was der Auslöser des Ganzen war. Mutter bog sich vor Gelache und Gekicher, die Tränen flossen ihr die Wangen herunter.

Dann hörte ich Vaters Schritte. Nicht so wie sonst, ganz langsam tappste er die steile Bodenstiege herunter. Seine Haltung war merkwürdig gebückt, er lachte nicht, gaaar nicht.Und als er unten angekommen war, drehte er sich langsam zu Mutter und mir, ich erstarrte.

Seine Hand hielt seinen kleinen Männerbauch, dazwischen sah ich sein Hemd mit kleinen Rissen und ein bisschen Blut. Ich wusste nicht so recht ob ich jetzt was fragen sollte, oder ob ich ihn bedauern sollte. Aber Vaters Gesicht ließ keine Fragen zu. Er ging ganz langsam Richtung Badezimmer, schnappte sich seinen Waschlappen, ließ viel kaltes Wasser über diesen laufen um ihn dann unter sein Hemd zu stecken. Dabei entblößte er seinen Bauch und ich, die ich um die Ecke blinzelte, sah die ganze Bescherung.

Vaters Bauch war dunkelblau angelaufen. Auch war er irgendwie ein bisschen aus der Form geraten und hatte in der Mitte einen dicken Gnubbel.

Ich wagte es nicht zu fragen, Vaters Gesicht ließ das nicht zu. Auch war er Eitel und sprach immer erst viel später darüber, wenn ihm ein Missgeschick widerfahren war. Und diesmal musste es ein heftiges Missgeschick gewesen sein, dass ihm da den Bauch so verformt und verfärbt hatte.

Als Mutter sich dann endlich wieder in der Gewalt hatte erfuhr ich vom Bauchunfall.

Papa entzog sich der Schilderung durch lautes Zuknallen der Badezimmertür, denn der schwindende Schmerz wurde nun durch Scham ersetzt. Missgeschicke, die ihn selber getroffen hatten, hörte er nicht so gerne. Mutter hingegen hatte ein besonderes Talent sich über anderer Leute Missgeschicke zu amüsieren um sie dann ,noch mit vielen schmückenden Worten gespickt, der Allgemeinheit zu erzählen.

Also: Der Papa hantierte auf dem Boden in seiner Kinderwerkstatt mit einem Werkzeug und dem viel zu großen Schraubstock am viel zu kleinen Tisch. Sein Werkstück wollte nicht so wie er es geplant hatte. Also ließ er mehr Kraft walten und beim Hantieren mit Schraubstock und Gerät rutschte er dichter und dichter an seinen Tischchen. Dann gab es einen Ruck, der Schraubstock schloss sich plötzlich und heftig, jedoch nicht um sein Werkstück sondern mit Ruck um seine Baufalte. Und weil er so mit Gewalt und Rage werkelte, verkantete sich die Schraubstocklipppe und biss ihm sozusagen in den Bauch. Und dies auch noch so unglücklich, dass er den Bauch nicht mehr frei gab. Der Schraubstock klemmte sich so im Bauch fest, bis die Mutter kam und Papas Bauchfalte aus dem Schraubstock zerrte. Dieser hätte sich auch nicht selber befreien können, der Schreck und der Schmerz lähmten ihn einerseits, und andererseits ließ die eigentlich doch etwas zu klein geratene Möblierung der Miniwerkstatt keine schnelle Flucht zu.

Dieses Ereignis hatte wochenlange Folgen. Erstens heilte Papas Bauchfalte sehr langsam, sie lag ungünstig, direkt in der Gegend des Hosenknopfes und des Reißverschlusses. Auch die Stimmung beim Vater brauchte überaus lange, bis er der Mutter das große Lachen und das sich über ihn lustig machen verzieh, vergessen hat er diese Reaktion nie.

Jedenfalls wurde kurz nach dem Bauchfalten-Unfall der Keller hergerichtet. Er wurde entfeuchtet, beleuchtet, in Normal-Menschgröße möbliert. Und es kam kein Stuhl in den Keller, kein einziger!

Immer wenn Vater an irgendetwas arbeitete stand er wohl aufgerichtet und gerade an seiner Kellerwerkbank. Keine Bauchfalte ist jemals wieder in die Nähe eines Schraubstocks geraten.

Klausns Blase

Wir waren so etwa vier oder fünf Jahre alt, Klaus und ich. Klaus war zu damaliger Zeit meine bessere Hälfte, der Nachbarsjunge.

Wir waren ein Kack und ein Ei. Wo der eine war, war die andere auch, was die eine tat machte auch der andere.

Den einzigen ganz kleinen Unterschied, den es zwischen uns gab, hatten wir noch nicht entdeckt.

Und somit war es total normal, wenn Klaus, wenn er denn mal musste, sich eben an einen Baum oder Busch stellte und sich erleichterte. Komischerweise kann ich mich nicht erinnern, dass ich mich aus diesem Grund mal irgendwo hinhockte um es zu tun, ich musste immer nur zu Hause.

Jedenfalls war ich an den Anblick des am Baum stehenden Klaus gewöhnt, denn er musste oft.

Eines Tages jedoch, ich stand irgendwie näher als sonst bei ihm, als er es mal wieder tat, sah ich ihm dabei zu.

Der besagte kleine Unterschied zog meinen Blick auf sich.

„Ach du lieber Gott, was hast Du denn da?“ Meine Augen waren weit aufgerissen.

Er blickte an sich hinab, hielt das kleine Ding ein bisschen höher und erklärte mir „das habe ich schon immer, denn wie sollte ich denn sonst pullern, ich hätte ja nichts zu Festhalten“.

Trotzdem hatte ich ihn verunsichert und nun wollte er wissen, wie das denn bei mir aussähe. Mich hatte er ja noch nie an einem Baum stehen sehen.

Also ließ ich die Hose runter und nun betrachtete er mich da ganz genau.

Da ich aber immer diejenige war, die was zu sagen hatte, befand ich, dass es so, wie es bei mir da ist, richtig sein müsse!

Klaus wurde unruhig.

Ich betrachtete alles nochmals ganz genau und kam dann zu dem Schluss, das er irgendwie krank sein müsste. Das, was bei mir da nicht hing musste durch eine heimtückische Krankheit so nach außen gestülpt worden sein.

„Du musst da sehr vorsichtig sein, aber mit der Zeit wird sich das alles wieder nach innen ziehen, und dann sieht es eben wieder normal aus, so wie bei mir“ beruhigte ich ihn.

„Nur die kleinen runden Dinger da, die gehören da doch wohl ganz und gar nicht hin.“

Und weil ich von meiner Oma wusste, dass man sich da immer warm halten muss, weil sich sonst die Blase verkühlt, befand ich „Das Muss Die Blase Sein“.

Armer Klaus, der hatte sich so sehr verkühlt, dass die Blase bei ihm außen hing.

Ich verordnete ihm sehr warme Unterhosen, besser noch zwei zugleich, damit die Außenblase wieder an die richtige Stelle rutschen kann. Außerdem befand ich, dass zusätzlich warme Socken zu tragen seien, obwohl es mitten im Sommer war.

Täglich überprüfte ich meine Anordnungen. Aber es dauerte nur wenige Tage, bis die Mutti vom Klaus diesem Unsinn ein Ende bereitete, obwohl sie den Grund der wärmenden Kleidung bis heute wahrscheinlich nicht kennt, Klaus war nicht sehr gesprächig.

Den Rückzug seiner Blase ins Körperinnere haben wir dann doch nicht weiter beobachtet, zumal Klaus keine weiteren Krankheitszeichen aufwies.

Heute denke ich, das Klaus sich, so wie er es immer getan hat, in sein Schicksal gefügt hat und seither ganz gut mit seiner Hängeblase lebt...

Mir ist in diesem Zusammenhang noch die eine Nachbarin in Erinnerung. Irgendwie muss die unsere Aktion beobachtet haben, sie beobachtet immer viel!

Die hatte nichts Besseres zu tun, als meiner Mutter zu berichten, dass ich am armen Klaus unsittliche Handlungen ausgeführt hätte. Begrapscht hätte ich ihn und ganz genau hingesehen hätte ich und was weiß ich noch alles! Und dann hätte ich mich ihm gegenüber zur Schau gestellt!

Sie erwartete größere Strafmaßnahmen von meinen Eltern!

Dazu sei noch mal bemerkt: Wir waren vier oder fünf Jahre alt! Ich glaube nicht, dass Klaus durch mich einen bleibenden Schaden erlitten hat, ich auch nicht. Und die erzieherische Maßnahme meiner Mutter beschränkten sich dann auch nur auf Erklärungen, eben über diesen kleinen Unterschied.

Nasse Mutter

Es waren wieder die Großen Ferien und wir waren wieder im Süden unterwegs. Diesmal war es einer unserer ersten Aufenthalte in Italien, was für damalige Verhältnisse eine richtig weite Reise war. Und es war auch eine Reise in andere Kulturen, Sitten und Gebräuche.

Also, wir waren frisch in Italien angekommen, saßen in einem kleinen Kaffee und Mutter musste mal. Sie begab sich auf die Suche und kam ganz schnell wieder, ratlos.

Sie hatte wohl die richtige Örtlichkeit gefunden, so dachte Sie. An der Tür prangte ein Schild mit der Aufschrift „Donna“, das schien ihr recht zu sein, aber im Innenraum fand sie nicht das erwartete übliche Klo, sondern nur ein recht kleines Loch im Fußboden. Also kam sie erst einmal wieder an unseren Tische zurück. Mein Vater, irgendwie war er immer ein wenig der Weltmännischere, belehrte sie, dass dies schon seine Richtigkeit hätte. Er kannte diese Löcher noch aus Kriegszeiten und anderen Ländern.

Nun musste er Mutter erklären, dass sie sich über dieses Loch zu begeben hätte, um dann in leichter Hocke das kleine Erdloch treffen müsse. Und überhaupt wäre das ja auch viel hygienischer, kein Körperteil käme mit so einem fremden Klo in Kontakt und man könne sich da auch nichts wegholen, sollte es nicht ganz so sauber sein.

Mutter verschwand aufs Neue, nun aber auch schon mit einer gewissen Dringlichkeit.

Es verging lange bis sie wieder kam. Aber in welcher Verfassung?!!

Wutschnaubend schoss sie um die Ecke, war in einem bedauernswerten Zustand und trug ein wutverzerrtes Gesicht vor sich her.

Oben herum sah sie noch aus wie vorher, unten herum jedoch war sie triefend nass. Das Sommerkleid klebte tropfend an ihren Beinen, es war durchsichtig und ließ die auch durchnässte Unterwäsche erahnen. Die Schuhe machten quietschende Laute beim Gehen und hinterließen Spuren im Gastraum.

„Du mit Deinen Ratschlägen“ bölferte sie meinen Vater an. Sie ist, schon ein wenig unter Zeitdruck, in das Loch-Klo gegangen, hat sich die richtige Position über dem Löchlein gesucht, hat dieses jedoch nicht so ganz getroffen. Um nun, ordentlich wie Deutsche nun mal sind, den Raum wieder in seinen alten Zustand zu versetzten, zog sie an dem Strippchen, das da vor dem Fenster von der Decke hing.

Und ehe sie sich versah, kam eine routierende Wasserfontaine aus dem Nichts. Eine Flutwelle reinigte den kleinen Kloraum und die Mutter gleich mit. Der Strahl erwischte sie etwa in Hüfthöhe und fuhr mehrere Male um sie herum. Nun war alles wieder sauber, die Mutter auch!

Von da an ging sie immer mit sehr gemischten Gefühlen auf italienische Aborte, und wenn da irgend ein Strippchen oder Kettchen hing zog sie nur noch an dem selben, wenn sie den Raum schon halb verlassen hatte um dann die Tür ganz schnell hinter sich zu schließen. Das hatte dann aber auch des öfteren zur Folge, dass so manch Italienkenner oder Eingeborener sie als doch recht merkwürdige Ausländerin betrachtete, wenn sie ihren Fluchtweg plante und dann antrat

Ihre Liebe zu den hygienischen Einrichtungen hat sie nie entdeckt, obwohl sie in den folgenden Jahren immer so darüber berichtete, als ob alles das Einfachste und Selbstverständlichste auf der Welt war. Auch sie wollte weltfraulich rüberkommen.

...wie waschen Sie denn jetzt?

Meine Busenfreundin besaß eine uralte Waschmaschine. Die hatte sie mal geschenkt bekommen. Aber sie tat bislang tapfer ihren Dienst.

Eines Tages jedoch kränkelte Sie. Mitten im Waschvorgang, sie war voll mit Wasser, hörte sie einfach auf und gab keinen Pieps mehr von sich.

Genervt griff meine Freundin zum Telefonbuch und suchte die entsprechende Service-Nummer heraus, natürlich in der Hoffnung, binnen kürzester Frist einen Waschmaschinendoktor zu sich nach Hause zu bekommen.

Also, Telefonbuch auf dem Schoß, Telefon in der Hand und dann schnell wählen. Eine freundliche Männerstimme antwortete auf der anderen Seite.

Ohne sich lange mit Begrüßungsformalitäten abzugeben schnatterte sie los:

„Guten Tag, mein Name ist XY, ich bin gerade dabei meinen hausfraulichen Tätigkeiten nachzugehen und jetzt ist meine Waschmaschine mit der Bezeichnung sowieso kaputt“.

Die Antwort kam prompt: „Ach, das ist ja ein Ding, wie waschen Sie denn jetzt?“

Die freundliche Stimme des Herren hatte den ersten Ärger wegen der defekten Maschine etwas abklingen lassen. Bereitwillig gab sie ihm Auskunft. Sie spekulierte, dass Sie ihre Unterwäsche wohl nun mit der Hand auswaschen werde, auch Socken und ähnliches Kleinzeug könne sie so behandeln. Bei der Bettwäsche, den Handtüchern usw. wird es dann schon etwas schwieriger, aber diese Sachen könnten ja auch noch ein wenig aufs gewaschen werden warten.

Der freundliche Mann bestätigte diese Gedanken, er kenne das. Auch er wäscht mal schnell was mit der Hand aus. Für solche Kleinigkeiten lohnt es sich ja nicht, immer gleich die Maschine anzuwerfen. Und außerdem wird so die zarte Wäsche gebührend vorsichtig behandelt. Nicht immer tut die Maschinenwäsche allen Kleidungsstücken gut.

Man kam vom Hundersten ins Tausendste. Er erkundigte sich auch, welche Waschmittel von meiner Freundin gekauft werden. Es wurde über die verschiedenen Preisklassen geredet, ob es denn sinnvoll wäre, die Pulver mit den Sauerstoffperlchen zu nutzen oder ob Billigmarken auch zum gewünschten Wascherfolg führen.

Auch die Weichspüler wurden durchdiskutiert. Nimmt man einen oder besser doch nicht. Der freundliche Herr berichtete über seine Erfolge mit Essigwasser im letzten Spülgang. Dies befand meine Freundin als für sie nicht gut, sie mag diesen Geruch in der Wäsche nicht. Er wiederum versuchte Sie von der Umweltfreundlichkeit des Essigspülens zu überzeugen.

Das Wäschetelefonat zog sich hin kam aber irgendwie nicht so richtig zum Punkt, nämlich der kaputten Waschmaschine.

Nach langem Reden fiel das meiner Freundin auf, als sie nun schon eine ganze Weile so dahin geschnattert hatte.

Jedenfalls brach Sie das Waschgespräch dann doch jäh ab und kam zum Grund ihres Anrufes.

„Wann kommen Sie denn nun bei mir vorbei und reparieren meine Maschine?" Sie gab auch gleich ihre Anschrift durch, ihre Telefonnummer für den Notfall, und vergaß auch nicht, darauf hinzuweisen, dass der freundliche Herr sich leider bis in die vierte Etage bemühen müsste, wenn er dann zu ihr käme.

Dieser bedankte sich dann brav für die Einladung, versicherte, dass er recht bald bei ihr vorbeischauen werde, wo er doch nun wisse, wo sie wohne. Die Sache hätte nur einen Haken, einen ganz beträchtlichen Haken! Er sei Versicherungsvertreter von Beruf, seine Frau hätte ihn vor kurzem verlassen, darum sei er seither bemüht, sich um seine Wäsche selber zu kümmern. Aber von der Reparatur einer Waschmaschine hätte er nicht die geringste Ahnung!

Die Verblüffung meiner Freundin war riesengroß und sie wurde auch gleich ein wenig grantig. Wieso er sich all ihre Probleme mit der Intimwäsche angehört hätte, und überhaupt...!

Auch die seitens des Herren vorgetragenen Rechtfertigungen konnten sie nicht beschwichtigen. Sie merkte, dass sie sich so richtig zum Affen gemacht hatte, denn Sie hatte sich einfach nur verwählt. Und der freundliche Herr auf der anderen Seite war schlagfertig genug, mit der Frage „ach, wie waschen Sie denn jetzt" eine nette kleine Unterhaltung mit der Fremden zu beginnen.

Er versuchte dann auch noch, ein Treffen mit meiner Freundin zu vereinbaren, Davon hat sie dann allerdings keinen Gebrauch gemacht. Es war ihr mächtig peinlich, sich vor einem Fremden derart „entblößt" zu haben.

Die kaputte Waschmaschine musste später entsorgt werden. Der Servicemann der Herstellerfirma, der beim zweiten Telefonat dann auch korrekterweise erreicht wurde und auch zur Reparatur erschien, konnte bei diesem alten Modell nicht mehr helfen. Und meine Freundin ist seither bei Telefonaten ein bisschen vorsichtiger bei der Beantwortung ungewöhnlicher Fragen geworden.

Stuhlgang beim Frühstück

Vor Jahren wurde mir vom Arzt eine Kur verordnet, die ich auch antrat.

Im Kurheim angekommen, stellte ich fest, dass ich mit Abstand die Jüngste der Kurpatienten im Hause war. Irgendwie war das auch der Grund, warum mir alles, was ich da so erlebte, ein kleines Lächeln abverlangte.

Da waren die Damen, die häkelnd oder strickend im Eingangsbereich des Hauses saßen, und gar kein Auge für ihre Handarbeiten hatten, sondern es schafften, den Kopf nach unten geneigt trotzdem die Tür im Auge zu haben und, sobald sich eine männliche Person zeigte, mit ihren jeweiligen Reizen zu kokettieren. Jedes Wesen, hauptsächlich eben die männlichen, wurden in Windeseile taxiert und als ansprechenswert befunden oder sie existierten schlagartig nicht mehr.

Diese Damen saßen dort täglich, in jeder freien Kurminute.

Dann gab es die Herren, die völlig desinteressiert umherwandelten, gelangweilte Gesichter trugen um trotzdem jeden Rock in ihrer Nähe zu registrieren und zu begutachten.

Kurschattenschau!

Dieses Treiben verstärkte sich an den An- und Abreisetagen, ein immer wiederkehrendes Ritual.

Es gab aber auch welche, die nicht da rumsaßen und rumgockelten. Kurgäste und Gästinnen, die eben Kuren wollten, sich entsprechend kleideten und sich in ihrer Freizeit hübsch machten um ein wenig zu spazieren, zu lesen, zu ruhen, eben zu kuren.

Am Beginn der Kur wurde uns im Essensraum ein Platz zugewiesen, der dann für die kommenden Wochen unser Stammplatz bei den Mahlzeiten war. Dabei ergaben sich zum Teil merkwürdige aber doch interessante Tischkonstellationen.

Ich, eher ein burschikoser Typ, saß zusammen mit einer richtigen Dame aus der rheinischen Gegend. Sie war sehr korrekt gekleidet, wohl frisiert und immer freundlich lächelnd. Nur ihre rheinische Mundart, die passte nicht so ganz zu ihrer Erscheinung. Bei einer so feinen Dame vermutete ich eher gepflegtes Hochdeutsch.

Die zweite Tischgenossin kam aus Norddeutschland. Auch sie war stets recht proper gekleidet, vielleicht nicht so teuer, wie die rheinländische Dame, aber trotzdem ganz Dame. Nur da hörte ich unmissverständlich und ausgeprägt die spitzen Steine der Waterkant durch, auch sie war vom Hochdeutschen weit entfernt.

Die dritte im Bunde kam aus Frankfurt. Sie war eine nette und sehr burschikose Hessin, und auch sie machte aus ihrer Herkunft mundartlich kein Geheimnis.

Abgerundet wurde die Tischrunde von meiner berliner Kodderschnautze. Auch ich hatte keine Ambitionen, mich in irgend einer Weise zu verstellen.

Am Anfang beschnupperten wir uns, höflich, zurückhaltend aber immer bei unserer jeweiligen Mundart bleibend. Dabei entstanden dann schon recht temperamentvolle Unterhaltungen, die fast ein internationales Flair verbreiteten.

In kürzester Zeit wurden wir richtige Verbündete, ja sogar fast Freundinnen. Und dabei war es dann auch fast selbstverständlich, dass die anfänglichen oberflächlichen Unterhaltungen an Persönlichem zunahmen. Schließlich saßen wir täglich drei Mal für fast eine Stunde zusammen, das ist schon eine gute Grundlage für intime Unterhaltungen.

Täglich wurden wir vertrauter miteinander, redeten über dies und das, kleinere Problemchen wurden im Vierer-Team besprochen und manchmal auch gelöst.

Dann kam der Morgen, da eine meiner Tischkolleginnen mit mürrischem Gesicht beim Frühstück erschien. Erst gebot unsere Höflichkeit, darüber hinweg zu sehen, um dann doch nach dem Grund des Missmutes zu fragen.

„Ich konnte heute morgen nicht...“, leichtes Erröten machte uns neugieriger, wir zeigten Verständnis und Mitgefühl. Nach kurzer Zeit, ich glaube es war die Rheinländerin, sprudelte es dann aber doch aus ihr heraus, und durch das Unwohlsein war jegliches Resthochdeutsch vergessen. In schönstem Köllsch hörten wir über das morgendliche Problem beim Stuhlgang. Unterbrochen wurde die Schilderung lediglich durch einen Biss ins Frühstücksbrötchen.

Wir lauschten verständnisvoll. Dann wurde dieses Problem von uns von allen Seiten behandelt und besprochen. Hessisch, köllsch, norddeutsch und berlinisch wurde der fehlende Morgenstuhlgang diskutiert. Dabei störte es überhaupt nicht, Pausen mit knackigem Brötchenbiss, Schlürfer mit Kaffee und Tee als auch Quark- und Knäckegeschlabber-Pausen einzulegen.

Beim Mittagessen des gleichen Tages war bei der Rheinländerin noch keine Erleichterung zu erkennen. Eine Lösung musste gefunden werden.

Der Vorschlag kam dann aus der norddeutschen Ecke: Sauerkraut! Vor jeder Mahlzeit etwas Sauerkraut. Damit müssten die Stuhlgangprobleme zu beseitigen sein.

Am nächsten Morgen hatte Frau Rheinland noch keinen Stuhlgang und bei Frau Hessen konnte der Morgenstuhl auch nicht so einfach wie sonst abgesetzt werden. Selbst die Norddeutsche meinte, dass ihr morgendlicher Klogang noch nicht von Erfolg gekrönt war, wie sie es gewohnt war.

Unser kallorienreduziertes Frühstück und die auch sonst verabreichte Reduktionskost erschien uns allen als die einfachste Erklärung für die grassierenden Morgen- und Darmprobleme. Auch schienen sich unsere Gedärme nicht durch unsere intensive Unterhaltung zwischen weichgekochtem Ei und Marmeladenbrötchen einer besseren Verdauung zu befleißigen. Wir hatten alle vier ein ernsthaftes Problem zu bewältigen.

Die Küche des Kurheimes schien an derartige Probleme gewöhnt zu sein. Am dritten Tag, als nun alle vier vom gleichen Problem heimgesucht waren, bekamen wir erstmals vor dem

Mittagsessen jede ein Schälchen rohes Sauerkraut serviert. Vor dem Abendessen bekam jede nochmals ein kleines Schälchen des sauren Krautes.

An diesem Abend gingen wir mit allergrößter freudiger Erwartung in unsere Zimmer und unsere Betten.

Der nächste Morgen kam und mit ihm sehr freudige Gesichter zum Frühstück. Hessen, Köllsch, der Norden und Berlin blickten erleichtert und zufrieden einander an. Das erste Schweigen wurde dann auch bald gebrochen.

„Meiner war heute morgen so richtig schön sämig“ tönte es köllsch. Prompt folgte die hessische Erwiderung. „Meiner war fast flüssig“. Im Norden war ein leichtes Bauchgrummeln dabei, aber sonst kam von dort auch nur Positives.

Da konnte ich mich, Berlin, je denn auch nicht lumpen lassen. Sofort berichtete ich über die große morgendliche Erleichterung.

Und in keinster Weise konnten die weichen Eier, die Brötchen oder Toasts die Stuhlgang-Unterredung beeinträchtigen.

In den folgenden Wochen waren unsere Mahlzeiten geprägt vom leichten Grummeln, flüssigem bis wässerigem als auch von breiigem Stuhl. Keine Mahlzeit war so gut oder so wichtig, uns von unserem Lieblingsthema abzubringen. Alles schmeckte irgendwie von Stund an noch viel besser. Auch das von uns vieren gewünschte Abnehmen flutschte besser, als an manchem unserer Nachbartische.

Es fehlte eigentlich nur noch, dass zum Frühstück Pröbchen zur allgemeinen Begutachtung vorgelegt wurden, denn unsere Ernsthaftigkeit über dieses heikle Thema kannte kaum noch Grenzen. Dazu kam es dann aber doch nicht. Wahrscheinlich waren unsere gegenseitigen Schilderungen anschaulich genug.

Und noch was Gutes hatten die Stuhlgang-Essen-Stuhlgang-Nachtisch-Diskussionen. Keiner der sich auf Weiberschau befindlichen Herren wollte so richtig was mit uns zu tun haben. Auch die etwas anstrengenden Häkel- und Strickdamen aus dem Eingangsbereich begaben sich nicht auf unsere Stuhlgang-Ebene.

Somit wurde es eine sehr erfolgreiche Kur für jede von uns Vieren.

Und gelernt habe ich für meine Person dabei eine Menge:

Wie schön und leicht die leckeren Dickmacher in mich hereinkommen, so einfach bekomme ich sie auch wieder aus mir heraus, gut für die Figur!

Außerdem verstehe ich jetzt Hessisch, Köllsch und Norddeutsch viel besser, und was am Wichtigsten ist, ich habe gelernt, wie natürlich das alles ist, nicht nur das freundliche und verständnisvolle Miteinander zwischen den verschiedenen deutschen Kulturen, sondern auch, dass, wir alle die gleichen Probleme haben können, egal woher wir kommen.

Und, ich habe gelernt, was es doch für verschiedene Stuhlgänge gibt, sei es die Farbe oder auch die Konsistenz, also habe ich richtig was fürs Leben gelernt bei dieser Kur!

Pulloverbohren

Freunde von mir waren gerade umgezogen. Und nach einer solchen Aktion ist immer ein Wust von kleinen Arbeiten zu verrichten. Seien es Regale, die es anzubringen gilt, Lampen, die an die richtige Stelle gehängt werden müssen oder Gott weiß was.

In den meisten Haushalten ist es ja der Herr des Hauses, der sich um solche Kleinigkeiten kümmert. Nicht so bei meinen Freunden. Er ist nicht unbedingt das, was man unter einem Handwerker versteht, aber Er ist willig.

Aber das Willigsein kann auch zu Problemen führen, besonders dann, wenn Ihn der Wille überkommt, die Fachkenntnis fehlt und Sie nicht dabei ist, um ihn zu bremsen oder ihn anzuleiten.

Und so geschah es, dass Er die eigenmächtige Initiative ergriff:

Fernsehen sollte nicht nur im Wohnzimmer möglich sein, manchmal, so in gemütlichen Stunden könnte Fernsehen auch im Schlafzimmer nett sein. Dazu musste allerdings ein Anschluss dahin.

Das alle Wände gerade frisch tapeziert waren war ja in Ordnung. Dabei hatte Er schon viel Heimwerkerkniffe gelernt, denn, es musste zweimal tapeziert werden. Die erste Schicht haftete nicht so besonders gut, es kann eigentlich nur an seinem Kleister gelegen haben. Sein Weib musste unbedingt neu auf seine frische Tapete kleben. Nur weil da so ein paar kleine Beulen einfach nicht verschwinden wollten und die Ränder nicht richtig haften wollten. Aber sie war manchmal eben ein bisschen überpingelig.

Diesmal wollte Er es ihr nun zeigen. Wäre doch gelacht, wenn so ein gestandenes Mannsbild nicht in der Lage sein sollte, kleinere Verschönerungen eigenmächtig und, vor allem eigenständig, zu erledigen. Immerhin sollte ja nur so ein kleines Kabel...

Da Wohn- und Schlafzimmer Wand-an-Wand liegen sah Er kein größeres Problem auf sich zukommen. Einfach ein Loch in die Wand gebohrt, und dann sehen wir mal weiter.

Er holte sich die Bohrmaschine, besah sich den Tatort nochmals und überlegte. Im Wohnzimmer stand der Fernseher mitten vor der Wand, gleich daneben lag auch praktischerweise die Antennensteckdose. Er setzte sich auf einen Stuhl, im Sitzen geht ja vieles entspannter, stemmte die Bohrmaschine gegen die Wand und bohrte los, so etwa in Kniehöhe.

Er bohrte lange, denn irgendwie wollte der Bohrer nicht mehr so recht. Erst ging er durch die Wand, wie durch ein Stückchen Butter. Dann aber wollte er nicht mehr weiter. Ist ja nicht so schlimm, dachte Er, nahm all seine männliche Kraft zusammen und drückte fester und fester.

Da er ja vom Stuhl aus bohrte, ging nicht nur der Bohrer ein Stückchen tiefer in die Wand, sondern das Bohrloch nahm auch nach und nach die Form eines Trichters an, denn durch die vermehrte Kraft drückte Er auch mal mehr nach oben und dann wieder ein bisschen doller nach unten.

Aber da blockierte etwas.. Vorsichtig versuchte Er nun den Bohrer aus dem schon viel zu großen Trichter zurück zu ziehen. Etwas hielt von hinten fest, also zog Er kräftiger.

Plötzlich hatte Er dann doch den größten Teil des Bohrers wieder in Händen. Dass ein kleines buntes Fädchen dran hing wunderte ihn zwar etwas, aber wer kennt schon die unergründlichen Tiefen so einer Wand.

Jedoch hatte ihn die Bohrlust verlassen und Er stellte erst mal etwas davor im Wohnzimmer. Den Bohrer mit Fädchen dran ließ er im Loch stecken, denn der wollte da ja offensichtlich auch nicht so ohne weiteres wieder raus aus dem Loch.

Erstmal nachdenken, was weiter zu tun sein. Vorsorglich verließ Er die Wohnung. Er musste jetzt alleine sein, um in Ruhe die weiteren Schritte zu planen.

In der Zwischenzeit war Sie nach Hause gekommen. Vom Krater war ja erst mal nichts zu sehen im Wohnzimmer.

Sie ging ins angrenzende Schlafzimmer, um sich umzuziehen. Dafür musste Sie eine der Umzugskisten öffnen, die da noch sauber vor der Wand gestapelt waren.

Sie öffnete die vermeintlich richtige Kiste, erblickte den gewünschten Pullover und wollte ihm herausnehmen.

Ging aber nicht. Irgendeine geheimnisvolle Kraft hielt den Pulli in der Kiste fest. Kann doch nicht sein, dachte Sie und zog nun etwas kräftiger am Pulli.

Dieser gab dann doch nach und Sie hielt ihn in Händen. Dabei bemerkte Sie, dass ein Fädchen nach unten hing, sie zog dran doch nun hielt etwas das Fädchen fest.

Jetzt ging Sie der Sache endgültig auf den Grund. Sie folgte dem Faden vom Pullover aus, durch die Kiste hindurch, aus der Kiste hinaus und geradewegs in die Wand hinein.

Sie versuchte die Kiste weiter zu sich heran zu ziehen, ging aber nicht. Der Faden spannte sich und bockte in der Wand.

Fassungslos stand Sie da nun, mit dem Pulli in der Hand. Und komischerweise hatte der unten gar nicht mehr das hübsche breite Bündchen, weswegen sie ihn mal so geliebt hatte.

Sie ließ den Pulli fallen. Dieser fiel nicht ganz bis auf die Erde, sondern des Fädchen holte sich zurück was seins war, und schwupp klebte das Kleidungsstück an der Wand. Es sah so aus, als ob der ganze Pulli in derselben verschwinden wollte.

In ihrer Verzweiflung ging Sie nun ins angrenzende Wohnzimmer. Aber da war nichts. Sie inspizierte die Wand, aber erst als sie hinter den Fernseher blickte entdeckte Sie den Krater Richtung Schlafzimmer.

Immer noch ungläubig über den im Schlafzimmer an der Wand klebenden Pullover und den Krater in der Wohnzimmerwand, der von einem quer davor hängenden Bohrer nur teilweise abgedeckt wurde.

Unverständnis wandelte sich in Wut. Sie ergriff den Bohrer und zog kräftig an ihm. Dabei war es ihr auch egal, dass sie damit dem Bündchen drüben im Schlafzimmer den Rest gab.

Schlimm war natürlich auch, dass niemand zu Hause war, den Sie hätte beschimpfen können. Ihre Wut wuchs ins Unermessliche und Sie wechselte von Fluchen in Heulen und brüllen.

In der Zwischenzeit hatte er seine Denkphase hinter sich gebracht. und erschien mit neuem Tatendrang in der Wohnung.

Hätte er besser nicht, denn ihre Missstimmung war noch nicht auf dem Höhepunkt. Er erwischte Sie noch schäumend. Schaum verflüchtigt sich ja erst nach kompletter Abkühlung, und davon war ganz und gar noch nicht die Rede.

Ich glaube, jeder der eine Frau schon mal beim ausbrechen ihrer Naturgewalten erlebt hat, weiß, dass Erdbeben dagegen ein leichtes Furzen in der Natur sind...

Es hat Wochen gebraucht, bis bei den Beiden zu Hause wieder Frieden einkehrte. Es wurde sogar mal von Scheidung gesprochen.

Aber irgendwie hat Er dabei doch noch was gelernt: Heimwerkern muss nicht immer Männersache sein!

Die Gewaltenteilung wurde nach diesem Vorfall neu strukturiert und man findet ihn seither öfter als vorher am Herd.

Papas Klo-Küsse

Es ist Jahre her, ich war noch ein Kind. Zu der Zeit fuhren wir in den großen Ferien in südliche Gefilde, Mutter Vater und ich.

In diesem Jahr sollte es Südfrankreich werden. Also kamen wir nach zwei Tagen der Anfahrt an der französischen Mittelmeerküste an. Wir klapperten die Gegend ab, um ein ansprechendes aber auch preisgünstiges Quartier zu finden. Zweites gestaltete sich etwas schwierig, das war schon damals ein teures Pflaster.

Und das ging dann immer so: Vater fuhr, Mutter musste gucken und aufpassen, um dann zu signalisieren, wenn was Passendes gefunden schien. Dann ging Papa rein, fragte nach einem freien Zimmer und beguckte es sich. Meist waren Zimmer frei, jedoch war der Preis nicht unserem Etat entsprechend.

Dann fanden wir was. Es war eine kleine Herberge zwischen Cannes und Nizza, eine Familienpension. Die sah ein bisschen schäbig aus, war aber sauber und gemütlich, und gab uns auch noch die Möglichkeit, da zu essen.

Unser Zimmer bestand aus einer französischen Liege, was in Deutschland damals noch nicht so üblich war und einem Alkoven mit einem Bett für mich.

Ich schlief da vorzüglich, bis auf die Unterbrechungen, wenn ich dann nachts durch Gebrabbel und Kampfesschreie meiner Eltern geweckt wurde. Die nämlich stritten sich jede Nacht um entweder die einzige Bettdecke oder um das eine durchgehende Kissen. Entweder hatte sich Muter in die Decke gewickelt und Vater lag da oben ohne oder Papa knuddelte das eine Kissen unter seinen Kopf und Mutter lag kissenlos. Beides hatte kleine Kämpfe zur Folge. Daran haben sich die beiden übrigens in den zwei Wochen ganz und gar nicht gewöhnt.

Morgens und Abends aßen wir in einem kleinen Gärtchen. Wir waren erst die einzigen Pensionsgäste. Dann zog eine italienische Großfamilie zu. Man sah sie bei den Mahlzeiten, hörte sie aber den ganzen Tag irgendwo. Kein Wunder Vater, Mutter, drei Kinder zwei Opas, zwei Omas, und dann waren da auch noch ein paar Tanten und Onkel.

Bei den Mahlzeiten saßen wir drei in einer kleinen Gartenecke und Italien bevölkerte den Rest des Gartens. Man grüßte sich knapp, mehr ging ja auch wegen der Verschiedensprachigkeit nicht.

An einem der ersten Abende, es war schon dunkel, saßen wir ein wenig länger draußen. Papa musste mal und ging mal schnell. Es verging eine sehr lange Weile bevor er wieder erschien. Mutter wurde schon langsam unruhig. Was war wohl passiert? Wo blieb der Vater bloß.

Er kam, breit grinsend mit leicht gerötetem Kopf und in inniger Umarmung mit dem Papa des Italo-Clans. Dieser brachte meinen kleinen Vater an unseren Tisch zurück, platzierte ihn auf seinen Stuhl, nahm Papas Kopf in beide Hände und drückte ihm laut einen dicken Kuss auf jede Wangenseite.

Mutter und ich müssen sehr dämlich aus der Wäsche geschaut haben, dämlich genug, als dass der Italienpapa dann auch Mutters Kopf griff, einige laute italienische Worte von sich gab um dann auch Mutter rechts und links mit Küssen zu beglücken.

Dann ging er zu seiner Sippschaft um dort eine Riesendebatte zu starten. Und nach einigen lauten Sätzen blickte die gesamte Italienschar zu uns herüber und prostete uns mit ihren Weingläsern zu. Wir kamen erst gar nicht dazu, Vaters Erzählung zu lauschen. Immer und immer wieder wurden wir von den Trinksprüchen und freundlichem Gewinke der italienischen Gartenhälfte unterbrochen.

Und eigentlich hatte Papa auch Probleme, seine Geschichte zu erzählen, denn immer wieder wurde er von kleinen eigenen Lachsalven unterbrochen. Unsere Neugier stieg ins Unermessliche.

Also, Papa ging aufs Klo, betrat den kleinen Raum, es war stockfinster. Papa suchte den Lichtschalter, da war keiner. Er tastete die Wand davor ab, nichts. Er fingerte im Innenraum, auch nichts. Egal, dachte er dann tust du's eben im Dunkeln. Er schloss die Tür hinter sich und, wie von Geisterhand, ging das Licht über ihm an. Aha, ein Türschalter bemerkte er, wie praktisch.

Nach Verrichten seiner Notdurft und auf dem Weg zurück begegnete ihm der Italienpapa. Meiner war ein sehr hilfsbereiter Mensch und er wollte Italien das Gesuche ersparen. Und in Ermangelung der Italienisch-Kenntnisse griff er also zu, packte Italien am Ellenbogen und wollte diesen in den dunklen Kloraum ziehen, damit auch er in den Genuss des Türschalters kam, ohne wie er zuvor, unnötig suchen zu müssen.

Dieser fand die Idee erst mal gar nicht so gut. Er wehrte sich heftig. Irgendwie hatte er ganz falsche Gedanken beim Zerren meines Vaters. Aber Gegenwehr half ihm nicht, da kannte er meinen Papa schlecht. Was der sich mal in den Kopf gesetzt hatte, tat er auch. Papa kein Italienisch und der Andere kein Deutsch, so entstand eine regelrechte kleine Kabbelei.

Mein Papa siegte!

Er zerrte Italien mit Gewalt in den kleinen und stockfinsteren Kloraum, schloss mit Ruck und Knall die Tür hinter ihnen beiden und..., das Licht ging an.

In diesem Moment begriff Italien das zerrende Ansinnen meines kleines Papas, was bewirkte, das Papa die ersten Küsse über sich ergehen lassen musste.

Noch auf dem Weg zurück wurde mein Vater dann von Italien eingeholt, der dann in inniger Umarmung meinen Papa an den Esstisch zurückbegleitete, selbstverständlich mit vielen lauten Worten und wild gestikulierend.

Nach dem Beküssen von Vater und Mutter und zurückgekehrt zu seiner Großfamilie hat er dann, mit vielen ausschmückenden Worten sein Toilettenerlebnis weiter gegeben. Die ganze Sippe begleitete die Darstellung mit vielen Fragen, grimmigen, Gesichtern, dann aber mit lautem und freundlichem Palaver

Von diesem Tag an wurden wir zu jeder Mahlzeit geküsst. Immer sprang der Italien-Papa auf, sowie er uns sah, stürzt auf uns zu um dann uns alle drei mit Küssen zu übersähen. Ich bekam mal ein Obst und mal ein Eis, Bambini sind ja so geliebt in Italien.

Ich glaube, wir sind noch nie vorher so oft geküsst worden und schon gar nicht so international!

Jedenfalls war das eine der nettesten Völkerverständigungen, an die ich mich erinnern kann, und vielleicht sitzen noch heute irgendwo in Italien die Familienmitglieder von damals zusammen und lachen über das kleine dunkle Klo und den irren kleinen Deutschen, der dem Familienoberhaupt an die Wäsche wollte im fernen Südfrankreich. Mein Vater hat jedenfalls dieses Erlebnis tausende Male zum Besten gegeben.

Anal-Papiere

Jeder kennt sie, fast jeder braucht sie. Die Rede ist von den wichtigsten Papieren auf der Welt, nämlich die, die zur Reinigung nach erfolgreicher Darmentleerung von Nöten sind, den Toilettenpapieren.

Und da gibt es schon Verrücktes zu berichten.

Ich erinnere mich an meinen ersten Besuch in der ehemaligen DDR. Wir machten einen spontanen Besuch kurz nach der Maueröffnung in der Niederlausitz.

Anmelden konnten wir uns ja nicht, die Leute hatten kein Telefon. Also standen wir an einem kalten Januar-Nachmittag bei denen vor der Tür.

Die Freude war groß und wir wurden fürstlich bewirtet. Aber, je mehr wir aßen und tranken, desto dringlicher wurde mein Wunsch nach Entlastung meines vollen Bauches.

Ich Musste Mal!

Man zeigte mir den Weg und ich war ganz wild auf die Riesenerleichterung.

Dann war ich bereit, wieder zu unseren Gastgebern zurück zu kehren und griff zur Rolle, die da links an der Wand hing. Ich rollte, bis ich die richtige Länge in der Hand hielt. Ich riss ab. Und schwupp, das Papier schrumpelte auf ein Minimum zusammen, als wäre es aus Gummi. Verblüfft rollte ich wieder, diesmal ließ ich schon ein wenig mehr Spiel, ich riss erneut, und schwupp, wieder war das Papier in meinen Händen viel zu kurz für die geplante Reinigung.

Ich untersuchte die Rolle neben mir etwas genauer, und stellte dabei fest, dass das Papier, abgesehen davon, dass es eine unfreundliche gräuliche Farbe hatte, elastisch war. Es erinnerte mich an das Papier das die Friseure benutzen, um den Frisierumhang gegen herabfallende kleine Haare abzudichten. Nur diesmal wollte ich damit nicht dichten sondern wischen.

Ich zog also wieder an der Rolle und spulte um ein Vielfaches mehr ab um dann endlich die richtige Menge in Händen zu halten, die für diese Reinigung von Nöten war.

Der Besuch konnte mit sauberem Po weitergehen.

Nun hatte der Tag bei den Bekannten zur Folge, dass ich das Örtchen des öfteren aufsuchen musste. Das übermäßige Essen und Trinken hatte seine häufigen Folgen.

Beim zweiten Besuch des Örtchens war ich ja nun schon vorbereitet, und zog länger als gewohnt an der Rolle.

Nach dem zigsten Besuch dieser Lokalität verspürte ich jedoch die nächste Eigenart dieses Papiers. Es war zwar schön dick und die Reinigung verlief ohne Beanstandung, jedoch war es auch etwas rauer als mein, Sie wissen schon, es gewohnt war, und so hatte es zur Folge, dass mein Hinterteil nach und nach wund wurde.

Jedes Mal nach einem Besuch der Toilette hatte ich ein ernsteres Gesicht. Ich konnte denen doch aber nicht erzählen, dass ich schlicht und ergreifend Verletzungen von ihrem Klo-Papier davongetragen hatte. Ich kann mich nur noch erinnern, dass wir dann doch, nach vielen langen Stunden des Besuches es ablehnten, noch länger zu bleiben, denn ich hatte ernsthafte Probleme nach jedem Gang einigermaßen ordentlich zu sitzen.

Es dauerte dann auch nicht mehr lange, und die Familie besuchte uns das erste Mal in Berlin.

Wir kochten viel, wir aßen und tranken viel. Wir fuhren durch die Stadt und zeigten alles Mögliche.

Nach drei Tagen verabschiedete sich unsere Lausitzer wieder. Beim Abschied fragten wir, ob es denn alles gefallen hatte, ob wir denn vielleicht wieder mal mit einem Besuch rechnen könnten.

Die Antwort verblüffte mich sehr, auch bewunderte ich die Offenheit unseres Gastes, der frisch und frei von der Leber weg von seinen Missgeschicken bei Klobesuchen bei uns berichtet.

„Ihr habt ja wunderschönes Toiletten-Papier, so weich und sogar mit Blümchen bedruckt, aber... Jedes mal wenn ich es benutzte kam ich da mit dem Finger durch und richtig sauber wurde ich auch nicht. Es ist ja viel zu weich. Da lobe ich mir unser Papier von drüben, das reißt nicht, das wischt gut und es hält auch viel besser. Beim nächsten Besuch werde ich Euch mal einige Rollen davon mitbringen, ihr werdet schon sehen."

Ich bin heilfroh, dass es dazu nie gekommen ist, denn, ich glaube, die Vorräte des Ostpapiers waren bis zum nächsten Besuch bei uns aufgebraucht, und es blieb mir erspart, mein Hinterteil wieder wund zu wischen.

Ich habe auch nie mit denen darüber gesprochen, dass ich nach meiner ersten Begegnung mit deren Papier wunde Probleme auskurieren musste.

Und das ganze Gegenteil solcher Papiere fällt mir ein, wenn ich an unseren Urlaub in Bulgarien zurückdenke.

In den 60-ziger Jahren flogen meine Eltern mit mir dorthin in den großen Ferien. Es war ein wunderschöner Urlaub in einem wunderschönen Land mit unheimlich freundlichen Menschen mit tollem Strand und herrlichem Wetter, aber...

Auf dem Örtchen hing eine kleine Rolle für die Reinigung, die uns damals richtige Probleme bereitete.

Das war schlicht und einfach das, was man bei uns zu Hause Stullenpapier nannte. Es war hart, durchsichtig und ganz glatt. Es hat auch geknistert wie Stullenpapier. Und wenn man nach vollbrachter Erleichterung versuchte, sich damit den Hintern zu reinigen, flutschte und rutschte man mit dem Butterbrotpapier ab. Eine ordentliche Reinigung war schlicht nicht möglich. Ja man musste sogar aufpassen, dass man sich durch das schnelle und glatte abrutschen nicht die Hand beschmutzte.

Was habe ich mich gefreut, als wir dann nach diesen drei Wochen endlich wieder auf unser altbewährtes weiches Papier zurückgreifen konnten.

Länger als drei Wochen hätte dieser Urlaub auch nicht dauern dürfen, unsere gesamten Vorräte an Papiertaschentüchern war aufgebraucht, und ohne diese wären wir ständig mit einem nicht sauberen Hintern durch die Gegend gelaufen, schrecklicher Gedanke.

Mein drittes Erlebnis mit den verschiedenen Kulturen des Po-Wischens führt an den Äquator, nach Afrika.

Ich verbrachte dort einen himmlischen Urlaub und es mangelte an gar nichts. In den Hotels an der Küste war es wie im Märchen, alles, was so ein Mitteleuropäer sich wünschte, war da.

Dann machte ich eine Tour durch das Land. Land und Leute kennen lernen war die Devise.

Der Bus kutschte die kleine Gruppe, der ich mich angeschlossen hatte, stundenlang durch dies schöne Land. Wir besuchten kleine Dörfer, lernten das Land und die netten Leute kennen.

Und dann war da wieder das Problem, das wir alle ja kennen. Ich brauchte ein Klo.

Der Reiseleiter hatte uns auf die verschiedensten Besonderheiten hingewiesen, und für meinen anstehenden Gang wurde ich belehrt, dass manchmal für diesen Zweck dort Blätter zur Verfügung stünden. Na ja, dachte ich ist ja alles Natur. Und so begab ich mich denn auch auf das Örtchen.

Erst hatte ich das Problem, es im Stehen zu tun, da war eben nur ein Loch in der Erde. Aber es ging. Dann suchte ich im Halbdunkel nach Reinigungsutensilien. Ich wusste ja...

Auf dem Boden lag ein Stapel Blätter, schöne, große, grüne Blätter. Ich griff, ich wischte, ich griff wieder...

Und dann verspürte ich einen Schmerz. Es brannte wie Feuer. Und das nicht nur da hinten, auch meine Hände und Finger brannten wie wild.

Fluchtartig verließ ich diesen Raum. Wieder am Tageslicht bemerkte ich Blasen an den Fingern, richtige Wasserblasen, die höllisch schmerzten.

Können Sie sich vorstellen, wie es meinem Hintern ging?

Wahrscheinlich waren da ein paar Brennessel-Blätter dazwischen geraten, und ich unglückliches Wesen hatte mir damit den, Sie wissen schon, gewischt.

Es dauerte Stunden, bevor ich wieder richtig sitzen konnte, und seither habe ich, egal wohin ich reise, eine Notrolle im Gepäck. Nie wieder möchte ich auf Stretch-Papier oder auf Brennessel-Blätter angewiesen sein. Und ich habe gelernt, dass es sogar beim Klo-Papier regionale Besonderheiten gibt.

Russen-Taxi

Ich war auf dem Weg nach Wünsdorf, gleich abends nach der Arbeit. Dort hatten wir gleich nach der so genannten Wende ein kleines Stückchen Acker gepachtet und mit einem alten Wohnwagen bestückt.

Auch hatten wir aus dem Acker in kurzer Zeit einen kleinen Garten gemacht, ja sogar einen eigenen Brunnen hatten wir, also wars ein Grundstück mit fließendem Wasser.

Und in den ersten drei Jahren nachdem es wieder nur ein Deutschland gab, verbrachten wir fast unsere gesamte Freizeit dort draußen und lernten das Brandenburger-Land und Leute kennen und lieben.

Also bedeutete das damals fast täglich: Lichtenrade raus aus der Stadt und über die B 96 in Richtung Zossen. Dann gings weiter über Mellensee usw., so musste man damals nach Wünsdorf fahren.

Kurz hinter Zossen, gleich nach einem Bahnübergang, gab es so eine Abkürzung. Nur ein bisschen holperig war dieser Weg, und ohne meinen kleinen Geländewagen hätte ich es nicht gewagt, da durch zu fahren.

An diesen Tag zog ein Unwetter auf. Der Himmel wurde immer schwärzer und der Sturm setzte auch schon ein.

Weit vor mit lief einer, stolperte so am Bahndamm entlang mit ganz eingezogenem Kopf und einem großen Rucksack auf dem Rücken.

Es waren noch einige Kilometer bis zur nächsten menschlichen Behausung. und der Himmel öffnete langsam seine Schleusen.

Als der Fußgänger mich mit meinem Auto hörte, hielt er seinen Daumen raus ohne sich umzusehen. Eben der typische Anhalterwink.

Ich dachte nicht weiter nach und hielt an. Schnell sprang er in meinen Wagen und stellte sich seinen großen Rucksack auf den Schoß.

Ich fragte nach seinem Ziel. Große Augen guckten mich an und er deutete nach vorne. Ich fragte nochmals und erst da bemerkte ich, er verstand mich nicht.

Es war einer der russischen Soldaten auf dem Weg zu seiner Garnison. Damals war in Wünsdorf noch das Hauptquartier der russischen Streitkräfte.

Ein ganz junger Bursche war mein neuer Beifahrer, und ganz verschüchtert saß er da so neben mir.

Ich bot ihm eine Zigarette an. Erst zierte er sich, dann, nach kauderwelschigem Zureden nahm er sie und rauchte sie ohne eine Miene zu verziehen.

Ich muss bemerken, dass ich zu dieser Zeit Menthols rauchte, und das war nicht immer jedermanns Geschmack. Aber höflich wie er war, rauchte er sie, mit Todesverachtung!

In der Zwischenzeit schüttete es wie aus Eimern und ich glaube, mein Passagier war sehr froh, dass er bei diesem Sauwetter nicht mehr zu Fuß unterwegs sein musste.

Ich fuhr einen kleinen Umweg um ihn dann am Wünsdorfer Bahnhof abzusetzen.

Als er ausstieg bedankte er sich mit vielen Worten, verstanden habe ich ihn nicht. Aber die Gesten und das Gesicht waren sehr freundlich und sehr dankbar.

Zum Abschied wollte auch er mir eine Zigaretten geben, als Danke Schön, glaube ich. Ich sah, dass es die letzte in seiner Packung war. Das brachte ich nicht übers Herz und ich gab ihm noch eine Packung von meinen. Irgendwie sah das Kerlchen nicht so aus, als ob er sich gleich hätte Nachschub kaufen können, und ich hatte doch genug.

Als ich dieses Erlebnis am gleichen Abend in einer lockeren Runde erzählte wurde ich ganz schön angeblafft.

„Du hast einen Russen mitgenommen? Du hast den nicht gleich rausgeschmissen, als du bemerktest, das das nur ein Russe war?“

Ich war schockiert und sehr peinlich berührt. Warum in aller Welt hätte ich das tun sollen. Was hatte der mir denn getan? Und rausschmeißen, nur weil er ein Russe war?

Auch die werden bei Unwetter nass, und auch die frieren. Und er hat mich weder gefressen, oder belästigt und sich auch sonst in keiner Weise schlecht benommen. Er saß so friedlich und dankbar neben mir, ganz steif und aufrecht. ich glaube, er wollte nichts falsch machen und nur einen guten Eindruck hinterlassen.

Da taten einige so als hätte ich einem Aussätzigen oder Kindermörder einen Gefallen getan.

Über dieses Erlebnis haben wir dann noch öfter gesprochen. Besonders mit denen, die mich damals sogar ein Russenliebchen genannt hatten. Und jedes Mal war es mir ein dringendes Bedürfnis, über die Probleme des Hasses gegen Ausländer zu sprechen und meist deren Partei zu vertreten.

Warum sollte ich denn, um Gottes Willen, einem Russen keinen Gefallen tun. Ich hatte zwar in meinem Leben bisher keinen Kontakt zu Russen, aber warum solle ich diese anders behandeln als ich jeden anderen Menschen behandelt hätte, egal weicher Nationalität er angehörte?

Waren das denn keine Menschen?

Wir hatte in Berlin damals viele Amis, Engländer und Franzosen, unsere ‚Besatzer' eben. Ein paar Russen waren da sicherlich auch dabei. Und wir hatten so viele Menschen anderer Nationalitäten in der Stadt, gestört hatten die mich nie, im Gegenteil!

Wären die alle plötzlich nicht mehr da, es würde was fehlen.

Ich möchte gar nicht daran denken, nicht mehr italienisch, chinesisch thailändisch oder sonst irgendwie fremdländisch essen gehen zu können, denn das tue ich sehr gerne. Auch würde mir z.B. die Musik anderer Kulturen fehlen. So viel Leben und Farben auf den Straßen würden nicht mehr da sein. Unser Leben wäre monotoner, ja langweiliger und ärmer.

Sicherlich gibt es auch hier und da mal Problemchen, die gibt es mit so vielen Deutschen allerdings auch. Heißt es nicht immer „Probleme sind dazu da, aus dem Weg geräumt zu werden?"

Ich sträube mich dagegen, jemanden, nur weil er nicht meine Staatsangehörigkeit hat, schlecht oder sonst irgendwie dumm zu behandeln. Warum auch. Sind wir nicht alle Menschen, haben Gefühle und Bedürfnisse? Ist es nicht an der Zeit voneinander zu lernen um diese Welt ein Stückchen lebenswerter und liebenswerter zu machen?

Jeh ma bei die Tante

Ich bin einer Berliner Pflanze, jedenfalls eine gebürtige. Das bedeutet auch, dass ich berlinere, und das manchmal recht heftig und mit Stolz.

Warum auch nicht? Wenn ein Bayer bayert, ein Schwabe schwäbelt oder der Hamburger über den Spitzen Stein Stolpert ist das auch in Ordnung, die brauchen ihren Dialekt nicht zu verstecken.

Wir, die mit der ‚Berliner Schnauze' werden dagegen oft schräg angeguckt und unsere Sprache gilt als nicht salonfähig.

Ja, das Berlinern ist manchmal etwas deftig, aber sind es die anderen Mundarten nicht auch?

Aber es gibt Unterschiede. Hier im Berliner Umland ist mir aufgefallen, dass es ein Stadt-Berlinern und ein Land-Berlinern gibt.

Ich bin jetzt dabei, das Land-Berlinern zu erlernen, so als Fremdsprache sozusagen. Und dabei ist mir so manches Mal die ‚Spucke wegjebliebm'.

Es ergab sich, dass wir im Garten waren und einer Unterhaltung folgen konnten, die etwas entfernt von uns stattfand.

Eine junge Frau war auf dem Feld beschäftigt. Etwas weiter weg zeigte sich ein ihr bekannter Mann. Lautstark wurden wir Zeuge des folgenden Dialogs:

„Ej Micha, biste ssu Hause? Bleibste ooch noch ne Weile ? Ick komm nach't Essn ma kurz bei dir rüba mit die Eimas, die de mia vor ne Weile jepumpt hast.“

Die Antwort kam mit gleicher Lautstärke zurück:

„Na klaa bin ick ssu Hause, kannst mia doch seehn, oda? Aba wenn, denn musste jetzte kommen, ick muss noch ma int Dorf!“

„Na jut, denn mach ick ma gleich uffn Wech!“

Ich denke, dass die Eimer heil bei Micha angekommen sind, wir haben nichts weiter darüber erfahren.

Ein anderes Mal war da der Zwölfjährige, der seine kleine Schwester dazu überreden wollte doch mal zu mir zu gehen, und das ging so:

Mänsch Caro, jeh doch bei die Tante, ährlich, die wird dir schon nich fressn! Und wenn doch, denn hau ick se eene, jeh ma ruhich ssu die Tante!“

Ein anderer betitelte seine Arbeitswut immer mit den schmückenden Worten „aba hellet Feua“, was aussagen sollte, dass er sich vor Arbeitswut kaum bremsen konnte.

Ein lieber Freund von uns schließt Aussagen oft mit den Worten „aba dit walte Hugo“, um so die Deutlichkeit zu unterstreichen.

Langsam habe ich mich auch daran gewöhnt, dass der eine ‚dit dürf‘ und ein Anderer ‚dit eben nich dürf‘. Ich habe mich des Öfteren schon dabei ertappt, dass auch ich auf die von mir neu erlernten aber bislang unbekannten Floskeln zurück greife.

Bei Erzählungen über meinen Nachhauseweg sagte ich ‚bei ssu Hause' oder ‚bei ssurück' auch schon mal!

Anfangs erstarrte ich vor Schreck, wenn ich solche Aussprüche hörte oder sie gar selber nutzte, heute bemerke ich sie zwar noch, sie stören mich aber nicht mehr.

Das, was von den Stadtmenschen oft herablassend mit dummen Bemerkungen versehen und als mangelnde Bildung bezeichnet wird ist einfach ein Stückchen liebenswertes Süd-Berliner-Landdeutsch. Und wenn die, die so reden, sich nicht schämen, ihren Dialekt so richtig auszuleben und auszuquatschen, auch noch in der Lage sind, wenn es denn drauf ankommt richtiges und ordentliches Deutsch zu sprechen, dann ist doch die Welt in Ordnung, oder?

Uns jedenfalls macht es einen Höllenspaß, wenn um uns herum die Worte nicht ständig auf die Goldwaage gelegt werden, und unsere Mitmenschen nicht versuchen, sich zu verstellen und sich gekünstelt ausdrücken, nur weil unsere ehemaligen Stadtohren dabei sind.

Eine klitzekleine Bemerkung zum Schluss sei mir gestattet:

Den Kindern in den Schulen sollte, abgesehen vom herrlichen Berlinern, das korrekte Deutsch nicht fremd bleiben, so dass sie, wenn es denn mal angebracht ist, sich richtig proper ausdrücken können, aber immer mit dem herrlichen Berliner Tonfall, so mit Herz und Schnauze.

Trabbi-Reise nach Berlin

Trabbis kannte ich nur aus dem Transit, der Stecke zwischen Berlin und Westdeutschland.

Die kleinen, einfarbig und zweifarbig, Wölkchen ausstoßend und mit ganz eigenen Tönen und Gerüchen, der DDR-Kleinwagen schlechthin.

Fasziniert hatten die mich schon immer. Besonders mit großem Reisegepäck, vollgepackt bis ans Dach und zusätzlich mit Vater, Mutter, Oma, zwei Kindern beladen, irre, was da alles rein ging.

Auch die Haltung des Fahrers hatte ich als eigenwillig in Erinnerung. Dieser Griff an die innere obere Hälfte des Lenkrades mit leicht abgeknicktem Handgelenk und stark angewinkelten Armen, das konnte doch nicht bequem sein.

Trotzdem war dieses kleine Ding niedlich.

Und dann dieser unbändige Stolz in des Fahrers Augen. Es musste also was ganz Besonderes sein, so einen Wagen zu besitzen und zu fahren.

Ich erinnere mich, dass früher mein Vater, wenn wir dann auf Urlaubsfahrt waren, öfter mal den Fuß vom Gas nahm um damit einem Trabbi die Gelegenheit zu geben an uns vorbei zu brausen und zeigen zu können, dass es das kleine Gefährt auch mit einem Westauto aufnehmen könne.

Jedenfalls wollte auch ich mal, unbedingt!

Und die Gelegenheit kam.

Es galt, in Spandau einen Baum abzuholen. Also musste ein Gefährt mit einem Anhänger her. So etwas hatten wir zu diesem Zeitpunkt natürlich nicht.

Der Trabbi eines neuen Freundes hatte, was wir brauchten: eine Hängerkupplung und den passenden Anhänger.

Und ab ging es. Von Wünsdorf in Brandenburg aus starteten wir. Mein Mann hinten quer, wegen der Bequemlichkeit, vorne der Trabbibesitzer und ich.

Da gab es auch schon mein ersten Problem. Die Schaltung war verkehrt herum. Da, wo ich den 1. Gang vermutete war der 2. und auch der 3. und der 4. Gang waren vertauscht. Na ja, man gewöhnt sich.

Und dann auch noch meine erste Fahrt mit einem Anhänger. Auch das lernte ich schnell.

Verwundert und überrascht war ich über den Platz in diesem Auto. Es war ja gar nicht so eng wie ich vermutete. Warum nur saßen damals die Trabbiisten immer so nah am Lenkrad?

Mitleidig wurden wir von den Vorbeirasenden mit halben Blicken gestreift, ganz Blicke bekamen offensichtlich nur ‚richtige' Autos.

Dann kamen wir in Spandau an. Das war die Firma in der Mein Mann damals arbeitete. Der Pförtner machte keine Anstalten, aus seinem Häuschen heraus zu kommen. Seine Blicke habe ich bis heute nicht vergessen. So beguckt man nur Trabbi fahrende.

Erst als mein Mann sich vom Rücksitz herausgefaltet hatte bemühte sich Herr Pförtner aus seiner Behausung, er hatte den Besucher erkannte. Aber Mitleid stand in des Pförtners Augen. Warum nur tut der sich das an konnte ich in den Augen lesen

Er hat uns nie verraten, was er dachte.

Jedenfalls konnten wir den Baum, den Grund unserer Berlin-Reise, endlich aufladen. Allerdings mussten wir ihn aufrecht stehend befördern, sonst hätte er zu viel hinten aus dem Anhänger geguckt.

Gut verzurrt verließen wir den Betriebshof.

Nun wurde ich mutiger als Trabbifahrerin und ich brach zu einer kleinen Stadtrundfahrt auf. An das Fahrverhalten hatte ich mich ja nach 70 km Anreise gut gewöhnt.

Spandau, Charlottenburg, sogar über den Ku-Damm fuhr ich mit meinem Gespann. Was müssen wir für ein merkwürdiger Anblick gewesen sein mit diesen aufrecht stehenden Baum.

In Lichterfelde stoppten wir für einen Imbiss. Ich musste Rückwärts rangieren, ach du lieber Gott! Mit kleinen Hilfen meines Beifahrers ging das dann auch. Der Trabbi ist ja erstaunlich wendig, und ich eigentlich auch.

Weiter ging die Fahrt. Unterwegs kam mein Beifahrer auf die Idee, uns ein wenig von Sperenberg zeigen zu müssen. Die Seen, die einmal Gipsbrüche waren zum Beispiel.

So fuhren wir dahin. In Sperenberg angekommen ging es runter von der Straße, einen kleinen Waldweg hinein, noch ein Pfad und der Trabbi wurschtelte sich durch das Unterholz.

Plötzlich war da der See, direkt vor uns. Noch zwei Meter und dann das Wasser.

Wir hatten einen falschen Weg eingeschlagen und mussten erst mal wieder den Berg hinauf fahren. Jetzt übernahm mein Beifahrer für mich das Steuer und die Verantwortung. Gott sei Dank, denn so viel rückwärts mit Baum und Anhänger, das traute ich mich denn doch nicht.

Rückwärtsgang rein und mit Gewalt den Berg wieder hoch. Eine hoch gewachsene Wurzel hielt im Eifer des Gefechtes den Kotflügel fest, sehr fest. Er fiel ab. Aber mit ein paar geübten Handgriffen war er wieder dran. Dann erlitt unser Auspuff einen Schaden. Der ging aber nicht mehr ran, sondern erst mal zum Baum auf den Hänger, was dann zur Folge hatte, dass wir ein wenig lauter wurden.

Das hat weder uns noch dem Trabbi was ausgemacht und es war immer noch eine wunderschöne Tour durch die Wälder bei Sperenberg.

Das war ein himmlischer Tag in einem traumhaften und tapferen Auto. Jetzt verstehe ich, warum damals die Leute auf der Transitstrecke immer diesen ganz besonderen Stolz im Gesicht hatten.

Übrigens besuchte uns der Trabbibesitzer samt Trabbi einige Tage später, nur um uns zu berichten, dass der Auspuff jetzt wieder angebaut war und alle Spuren vom Waldweg in Sperenberg somit verschwunden waren.

Bei einem VW, Opel oder sonst einem West-Auto hätte das sicherlich einen Werkstattaufenthalt zur Folge gehabt.

Fazit: Es wart doch nicht alles schlecht, was es da so in der DDR gab!

Grillanzünder

Eine unserer neuen Nachbarinnen suchte Arbeit, dringend. Ihren alten Betrieb gab es nicht mehr, wo sie zu DDR-Zeiten lange Jahre der gute Geist des Hauses war. Abgewickelt nennt man das doch jetzt in Neu-Deutsch.

Arbeit musste also dringend her.

Der kleine Bauernhof warf zwar etwas ab, gereicht hätte es aber nicht. Und ihr Mann war auch arbeitslos. Er hatte ein ähnliches Schicksal. Auch seine alte Firma gab es nicht mehr.

Mir fiel das Büro in Berlin ein, wo gerade so dringend jemand gesucht wurde. Eine Frau, die sich um alles kümmert, die Büros, den Abwasch und auch die Mädels und den Chef. Eben wieder so ein guter Geist.

Ich stellte gleich am nächsten Tag den Kontakt her. Es wurde ein Termin vereinbart und man lernte sich kennen.

Wir hatten sie hingebracht und warteten in der Nähe. Wer war wohl aufgeregter?

Dann ging alles ganz schnell, sie bekam den Job. Wir mussten ein bisschen Hilfe leisten, um Ängste abzubauen. Der Anfahrtsweg musste geübt werden, und die Angst vor den überheblichen Berlinern musste in den Griff bekommen werden. An die muss man sich immer erst gewöhnen, sie sind der Landbevölkerung gegenüber doch oft recht ruppig!

Und dann konnte es losgehen mit dem neuen Job!

Von nun an musste sie jeden Tag bis in die Stadt, mit der S-Bahn, mit der U-Bahn und eventuell auch noch mit dem Bus.

An manchen Tagen könnten wir sie morgens nach Berlin mitnehmen. Nachmittags könnten wir uns dann an einer zentralen Stelle treffen, um gemeinsam wieder nach Hause zu fahren, das würde sich dann schon alles finden und sich einspielen.

Der erste Arbeitstag kam. Mit vielen guten Wünschen, Ratschlägen und einem Stadtplan mit U-Bahn- und Busteil nahmen wir sie in aller frühe mit nach Berlin und "schickten" sie auf den Weg. Oh was war sie aufgeregt, wir auch.

Aber ein erster Arbeitstag ist immer etwas Fürchterliches, und dann auch noch die erste Arbeit 'im Westen'...!

Den ganzen Tag "litt" ich mit ihr und war mit meinen Gedanken bei ihr. Wird alles gut gehen? Wird sie, von denen da im Büro, akzeptiert werden?

Endlich kam der Abend, und wir trafen uns an der Stelle wieder, von wo aus wir sie morgens auf den Weg gebracht hatten. Sie stand sogar schon da und wartete auf uns. Gemeinsam fuhren wir nach Hause.

Im Auto war sie noch ein wenig ruhig. Alles musste erstmal im Kopf verarbeitet werden.

Noch am gleichen Abend kam sie dann doch noch mal schnell zu uns und brache auch ihren Mann mit. Die erste Aufregung war verflogen. Alles hatte sie zu Hause erzählt.

Nun musste sie mit uns auch noch mal über den ersten aufregenden West-Arbeitstag sprechen. Da gab es ja dann auch noch ein paar Kleinigkeiten zu klären.

Und sie berichtete, fragte, erzählte und und und. Ganz euphorisch war sie und ein wahres Gewitter von Fragen prasselte auf mich nieder. Wofür ist 'Meister Sauber' am besten, ist 'Wisch-und-Weg-Papier' teuer, warum muss Salz in den Geschirrspüler, warum müssen fünf verschiedene Filter in einen Staubsauger und was weiß ich noch alles.

An diesem Abend redeten wir nur noch über so manches West-Mittelchen. Was nimmt man wofür, was geht besser für dieses oder jenes, Hausfrau West und Hausfrau Ost Geschnatter.

Auch ich habe an diesem Abend dazu gelernt. Viele Vergleiche zu Ost-Produkten wurden gezogen.

Dann gab es da noch die Sprühflasche mit 'Sowieso Fensterrein', einem Reiniger den ich sehr liebe, eben weil er sehr vielseitig eingesetzt werden kann.

Zur Demonstration sprühte ich, wischte hier und da, entfernte Fingerabdrücke sowie Rauchernebel, zeigte und erklärte. Dabei habe ich sie auch zum Fan für dieses Zeug gemacht.

Wir redeten viel, lachten viel und es wurde ein recht ausgelassener Abend. Dann wurden wir hungrig.

Mein Mann baute ein Gartengrill auf, bestückte es mit Kohlen, nahm eine alte Sprühflasche, die noch die Reste der Aufschrift 'Sowieso Fensterrein' trug. Wir hatten da vor langer Zeit mal Spiritus reingefüllt weil man damit die Grillkohlen so schön gleichmäßig besprühen kann, und den Anfeuerungsprozess immens beschleunigt.

Und es klappte auch heute. In Windeseile brannte unsere Holzkohle und wir warteten um losgrillen zu können.

Alle hingen ein wenig ihren Gedanken nach, wir stellten uns zum Abschluss dieses Tages auf ein gutes Mahl ein.

Und plötzlich zupfte die Nachbarin heftig am Jackenärmel ihres Mannes. Mit großen erstaunten Kulleraugen deutete sie auf besagte Fensterrein-Sprühflasche mit der mein Mann Minuten vorher die Kohlen auf dem Grill zum Brennen gebracht hatte.

„Mensch, guck mal, als Grillanzünder kann man dieses Wunderzeug ja auch benutzen. Womöglich ginge das auch bei unserem alten Kachelofen, der immer nicht so recht anbrennen will..Das wäre eine saubere Sache. Ist ja irre, was die im Westen so alles haben, und so vielseitig sind diese Mittelchen!"

Die Worte kamen ganz leise über ihre Lippen, waren sie doch eigentlich nur für ihren Mann gedacht. Wir hörten sie trotzdem...

Erst sahen mein Mann und ich uns verständnislos an, dann brach lautes Gelächter aus uns heraus. Ganz schnell klärten wir sie über den Brennspiritus in der Sprühflasche und unser unhöfliches Gelächter auf.

Sie hat es uns nicht übel genommen, ja die beiden haben kräftig mitgelacht.

Seither werden bei uns Fenster usw. nur noch mit Grillanzünder gereinigt, der Hersteller von 'Sowieso Fensterrein' mag es uns nachsehen.

Im Übrigen haben wir noch so viele Stunden miteinander verbracht und viel öfter mussten wir über uns dämliche Westmenschen lachen als umgekehrt!

Den Job in diesem Berliner Büro hat meine damalige Nachbarin bis zum Eintritt ins Rentenalter gehabt, und als sie dann gehen musste gab ein großes Abschiedsfest, sie war sehr stolz!

Wurstpellendach

Gleich nachdem die Mauer uns in Berlin nicht mehr von Ausflügen ins Umland abhalten konnte, hatten wir das große Glück, ein Stückchen Acker am Wünsdorfer See zu pachten.

Und mit viel Glück bekamen wir einen uralten Wohnwagen, den wir zur Gartenlaube machten, um dann für drei Jahre einen Großteil des Jahres dort draußen zu verbringen.

Wir machten unseren kleinen Claim urbar und es entstand eine grüne Oase. Wie es sich für richtige Kleingärtner gehörte hatten wir Rosen, einen Rasen, einen Blechschuppen und eine Mülltonne.

In Windeseile lernten war das halbe Dorf kennen, denn wir waren die ersten Wessis mit dem ersten West-Wohnwagen in dieser Gegend. Und es machte uns alles einen Heidenspaß!

Unsere nächsten Nachbarn hatten alle ihr kleines Wochenendhaus und den dazugehörigen Garten, und das war deren Freizeitgestaltung seit Jahren.

Wir wurden mit viel Neugierde beobachtet, zumal wir uns als Städter oft sicherlich recht dämlich in Sachen Gartenarbeit anstellten. Aber schon nach kurzer Zeit wurden wir von den Eingeborenen akzeptiert. Auch lernten wir viel von unseren neuen Mitbewohnern. Eine besondere Tugend der Neubundesbürger war das Nichts-wegwerfen-dürfen. Immer wieder erstaunte es uns, was man mit Zeug, dass wir längst dem Müll übergeben hätten, alles so anfangen kann.

Und so begab es sich, dass unser nächster Nachbar mal wieder bei uns saß und uns ein Leid klagte.

Seine Finn-Hütte, das ist so ein Nur-Dach-Haus, seinerzeit noch mit Dachpappe gedeckt, war an einigen Stellen undicht geworden und bedurfte der Erneuerung. Aber das hätte eine Menge Geld gekostet.

Und so saßen wir beisammen und beratschlagten, wie man das Dach mit wenigen Mitteln dicht bekommen könnte.

Da hatte mein Mann eine Erleuchtung. Er arbeitete zu dieser Zeit in einer Fleisch- und Wurstfabrik in Berlin-West. Alles, was in der Produktion nicht mehr benötigt wurde, wurde in den Müll befördert. Und da war gerade der große Posten weißer Tauchmasse. Das ist so ein Zeug, in das eine bestimmte Sorte Salami getaucht wurde, um dann diesen schneeweißen Belag zu bekommen.

Und gerade diese Tauchmasse wurde nicht mehr benötigt. Man hatte die Produktion irgendwie umgestellt, und hunderte Liter dieses weißen Zeugs standen bereit, um in einem Container versenkt zu werden.

Diese weiße Masse ist luftdurchlässig aber wasserundurchlässig.

Wir redeten über Teer, neue Dachpappe, neue teure Dachziegel und sonstige Möglichkeiten der Dachsanierung. Und immer wieder kamen wir auf die Tauchmasse zu sprechen. Wenn auch die Farbe nicht so dachgerecht war, dicht würde sie das Dach machen. Und wenn man in dieses Zeug tauchen kann, kann man es eigentlich auch streichen, es war ja flüssig wie Wandfarbe.

Vielleicht hat auch eines der Biere nachgeholfen, jedenfalls beschlossen wir, es mit dem weißen Anstrich zu versuchen.

Bei nächster Gelegenheit lud sich mein Mann die Kanister mit der flüssigen Wurstpelle nach und nach ins Auto und transportierte sie ins Wochenende. Es bedurfte vieler Fahrten, um genügend Kanister heranzuschaffen, die ausreichen würden, die vielen Quadratmeter Dachfläche in Wurstpellenfarbe erstrahlen zu lassen.

Auch musste er sehr vorsichtig fahren. Einmal wegen des immensen Gewichtes und auf der anderen Seite... Stelle man sich mal vor, er hätte einen Unfall gehabt, und die flüssige Wurstpelle hätte sich auf die Straße ergossen. Kaum auszudenken, dass eine Versicherung für den Schaden hätte aufkommen müssen, Wurstpelle von der Straße zu entfernen.

Als dann endlich genug der Salami-flüssig-Pelle in Wünsdorf gelagert war, schritt unser Nachbar zur Tat.

Er war total begeistert. Das Zeug ließ sich anstandslos verarbeiten und gut streichen. Auch verschwanden alle Risse und Unebenheiten unter der weißen Lasur.

Es dauerte dann auch gar nicht lange, und die Finnhütte nahm die Farbe einer Schneehütte an. Das Häuschen erstrahlte in schönstem Wurstpellenweiß.

Und es war noch so viel übrig von der Farbe. Also bekam das Dach einen zweiten Anstrich mit flüssiger Wurstpelle. Und damit noch nicht genug. Es war immer noch genug übrig, auch noch um einen alten Tisch zu streichen, die dazu passenden Stühle, und noch so manches Utensil im Garten. Das ganze Anwesen erstrahlte alsbald in makellosem Salami-Weiß.

Wir dachten schon daran, die Masse als Dachsanierung patentieren zu lassen.

Nach vollendetem Streichen saßen wir alle zufrieden beisammen und guckten auf die Wurstpelle im ganzen Garten. Wie sauber und edel erschien alles.

Von nun an sah man das Häuschen schon von weitem leuchten. Und wenn die Sonne drauf schien, erstrahlte das ganze kleine Anwesen im schönsten Salamiweiß. Es tat fast in den Augen weh, so sehr strahlte es.

Im Laufe der folgenden Monate fing jedoch an einigen Stellen das alte Dach an durchzugucken. Mehr und mehr wurde die weiße Beschichtung brüchig und durchlässig.

Das lag allerdings nicht an der mangelnden Qualität des Wurstanstriches. Vielmehr kamen alle Vögel in der Umgebung im wahrsten Sinne des Wortes auf den Geschmack. Irgendwie muß das Zeug gut geschmeckt haben. Schädlich war es jedenfalls nicht, es war ja schließlich Lebensmittelfarbe. Und den Vögeln schien es nicht geschadet zu haben. Es wurden mehr und mehr, die sich am Anstrich labten.

So gingen zwei Jahre ins Land. Die Farbe wurde mehr und mehr aufgefressen und das einst so schöne weiße Wurstdach sah scheckig und unansehnlich aus.

Und wir saßen wieder zusammen und beratschlagten.

Nachdem wir noch immer genügend dieses Materials zur Verfügung hatten, bekam das Häuschen einen weiteren Anstrich. Darauf wurde nun aber doch eine neue Schicht Dachpappe aufgebracht.

Somit hatte das Haus eine vorzügliche Isolierschicht unter der neuen Dachpappe bekommen. Und die Vögel hatten auch das nachsehen. Die kamen nun ja nicht mehr ran.

Bis heute, und das sind nun ja schon zig Jahre, hat dies Wochenendhaus eine Salami-Pelle unter der neuen Dachpappe, und ist somit auf jeden Fall einzigartig.

Vom Vorhaben des Patentierenlassens haben wir jedoch nach der Fresslust der Vögel Abstand genommen.

Der Aufdringling

Das Grundstück in Schünow war erworben. In jeder freien Minute fuhren wir raus um es uns anzusehen. Ständig rannten wir mit einem Zollstock über das Gelände, hier wurde gemessen, überlegt, Pflöcke in den Boden gesteckt und was weiß ich. Wir erfreuten uns an unserem kleinen eigenen Acker, denn mehr war es ja noch nicht.

Mit einer Hausbau-Firma standen wir in engem Kontakt und unser neues Domizil nahm Gestalt an, wenigsten erst mal in unseren Köpfen und langsam auch auf dem Papier. Nun musste die Baugenehmigung her. Gott war das eine Umherrennerei. Hier noch ein Papier, da noch ein Plan, es wollte nicht enden.

In diesem Zusammenhang haben wir auch noch viel über der Gegend gelernt, denn unsere Amtswege führten uns über Zossen nach Potsdam, Babelsberg, Ketzin usw. Das war ja alles Neuland für uns. Aber bald waren alle Schleichwege, Abkürzungen und Plattenwege vor uns nicht mehr sicher. Langsam kannten wir uns fast besser aus, als die Urbevölkerung.

Auch lernten wir die Nachbargemeinden mehr kennen, gingen mal hier und mal dort was essen, mussten mal schnell was einkaufen.

Das war übrigens damals manchmal gar nicht so einfach. Es gab noch nicht viele Läden, die alten Konsum-Geschäfte wurden „abgewickelt“ und für neue fehlte es in vielen Gemeinden an Investoren und manchmal auch am Mut der Leute, ein Geschäft zu eröffnen.

Auch Restaurants oder kleinere Gaststätten gab es noch nicht sehr viele, und die, die schon vorhanden waren hatten oft sehr sonderbare Öffnungszeiten.

Dann wurde ich wieder zu einem Amt zitiert, musste nochmals was nachreichen oder irgendwelche Fragen beantworten. Und so ging es einige Monate lang. Schließlich waren wir zu dieser frühen Nachwendezeit fast Pioniere in Sachen Hausbau. Die alten Bestimmungen waren nicht mehr gültig und die neuen Verordnungen waren noch nicht so recht bekannt. Auf den Ämtern herrschte eine große Unsicherheit, bei uns auch!

Dann fing die eigentliche Bauerei endlich an.

Das war richtig aufregend. Immer hatte ich Angst, irgend etwas vergessen zu haben, eine Genehmigung, ein Papier, ein Zettelchen. Aber niemand rührte sich und alles schien seinen geordneten Gang zu gehen.

Oft musste ich tagsüber mal schnell nach Schünow fahren, weil irgendeine Firma vor Ort noch etwas nachmessen musste oder sonst etwas zu überprüfen war.

So geschah es auch, dass ich mit dem Polier der Baufirma, die sich um unsere Bodenplatte kümmerte, einen Termin draußen hatte. Wir trafen uns und klärten die restlichen Fragen.

Es war recht kühl draußen, es war ja auch noch Winter. Wir beschlossen, auf dem Weg zurück nach Berlin noch schnell irgendwo einzukehren. Zur Mittagszeit bot sich das an, zumal mein Bauch nach einem Imbiss verlangte.

Mir fiel das Dorfgasthaus in Groß Schulzendorf ein und schnell standen wir auch schon dort vor der Tür. Es war noch geschlossen.

Frierend standen wir auf der Straße und warteten auf Einlass. Und wir fachsimpelten weiter, redeten über dies und das um das Warten zu überbrücken.

Ein kleiner Herr stand in Hörweite, offenbar auch auf Einlass wartend. Der hörte uns interessiert zu. Dann kam er zu uns 'rüber und fragte unumwunden: "Sie bauen hier in der Gegend?“

Ich sah den Herren an, nickte, redete weiter. Der war hartnäckig. "Wo bauen Sie denn?"

Ich antwortete. "Was bauen Sie für ein Haus?", ich antwortete. "Wieviele Leute werden mit Ihnen da einziehen?" Ich antwortete schon etwas ungehalten. Die Fragen ließen nicht nach und meine Antworten wurden schroffer.

Nach einer Weile, irgendwie ging der mir auf die Nerven, fragte ich den Fremden was ihn denn das alles anginge. Es wäre doch fast ein wenig aufdringlich, sich in die Gespräche anderer so einzumischen. Und überhaupt!

Die Antwort verblüffte mich. "Wenn hier in der Gegend gebaut wird, muss ich das wissen!"

Ich sah den kleinen Mann an und wurde richtig fuchtig. Mit kurzen knappen Worten teilte ich ihm in meiner manchmal etwas burschikosen Art mit, dass er zwar alles essen könnte, sich jedoch bitte aus unserer Unterhaltung 'raushalten möge.

Seine Fragerei ließe trotzdem nicht nach, höflich aber beständig mischte er sich immer wieder in unsere Unterhaltung ein, kurz: er nervte. Auch mein Polier war von dieser Beharrlichkeit des Fragers überrascht. Einige Male guckten wir uns belustigt an, um uns dann wieder unserer Fachsimpelei hinzugeben.

Nach dem zigsten Zwischenfragen des Grauhaarigen reichte es mir.

"Sagen sie mal, wer sind Sie eigentlich, und was geht sie das alles an? Haben Sie lange Weile?“

Ich war recht ruppig!

Große Augen guckten mich an und die Antwort verblüffte mich.

"Ich bin der Bezirksschornsteinfeger. Und wenn hier in der Gegend gebaut wird, werde ich vom Bauherren darüber informiert. Ich muss das dann aus meiner Sicht begutachten und auch genehmigen. Jedoch kann ich mich nicht erinnern, von Ihnen und Ihrem Bauvorhaben bislang gehört zu haben“ teilte er bestimmt und sehr höflich mit.

Das saß. Er hatte Recht. Zwischen den ganzen Papieren, Anträgen und Formularen war da auch ein Schreiben über Schornsteingenehmigung und Heizungsanlage usw.

Irgendwie hatte ich ein sehr schlechtes Gewissen. Dieses Papierchen hatte ich im Eifer des Gefechtes schlicht vergessen, es lag irgendwo in dem Wust der ganzen Bauunterlagen. Und ich dummes Ding habe den armen Mann da so unfreundlich angeblubbert, so mitten auf der Straße.

Auch mein Polier guckte ganz schön schuldbewusst.

Endlich öffnete sich die Tür des kleinen Restaurants und wir konnten eintreten. Ich lud den beharrlichen kleinen Mann ein, sich zu uns an den Tisch zu setzen. Zum Aufwärmen tranken wir alle einen heißen Tee. Eine sehr nette Unterhaltung folgte im gemütlichen Gastraum.

Tage später stand ich beim Schornsteinfeger vor der Tür, mit meinem Papier zur Genehmigung für die Heizungsanlage, Schornstein usw.

Trotz meiner schroffen Art, da auf der Straße, waren er und auch seine Frau sehr freundlich zu mir. Auch seine ausstehende Genehmigung bekam ich anstandslos.

Aus diesem Zusammentreffen ist dann ein nettes und fast freundschaftliches Verhältnis entstanden. Oft kam er bei uns vorbei, wenn er mal in der Gegend war oder seine jährlichen Messungen bei uns durchführen musste.

Einige Male bekamen wir auch etwas ab, wenn er was geschossen hatte, er ist einer der Jäger hier in der Gegend. Und niemals hat er es mir nachgetragen, dass ich in meiner schnodderigen Art anfangs gar nicht so freundlich zu ihm war, damals im Winter auf der Straße.

Ich habe noch viel über diesen Tag nachgedacht. War ich es aus der Stadt doch gewohnt, in der Anonymität zu leben, wo sich keiner um den anderen kümmert. Aber, wie es sich in diesem Fall gezeigt hat, war das 'sich Einmischen' doch ganz hilfreich.

Fazit: Nicht immer gleich lospoltern, erst mal reden, zuhören und immer schön freundlich bleiben! Diese Einstellung habe seither beherzt und beibehalten. Und sie hat sicherlich auch viel dazu beigetragen, das unser Freundeskreis hier auf dem Land wächst und wächst und wächst....

Ostpocke

Wir waren im Begriff, unseren Wohnsitz von Berlin nach Brandenburg zu verlegen. Unser Haus war fast fertig und ich konnte es nicht erwarten, mein Auto mit dem neuen Kennzeichen versehen zu lassen.

Kaum das dies möglich war meldete ich mich an dem neuen Wohnsitz an und mein Auto dementsprechend um.

Das war nur kurz nach der Maueröffnung, und Berlin samt Umgebung waren an diesen Zustand noch nicht so recht gewöhnt. Das Berliner Inselleben war nicht so von fremden Auto-Nummernschildern geprägt, wie es in anderen deutschen Großstädten schon immer der Fall war. Berlin fing erst an zu lernen.

Zu dieser Zeit gab es viele kleine Reibereien zwischen den Bundesbürgern Alt und den Bundesbürgern Neu. Die einen betrachteten die anderen als minderwertig, und jeder der beiden Parteien wusste dies oder das besser. Die so entstandenen unterschiedlichen Meinungen und Auffassungen führten zeitweilig zu regelrechten „Ost-West-Kämpfen".

Eine kleine Begebenheit hat sich da in meinem Kopf festgesetzt:

Kaum 24 Stunden, nachdem ich nicht mehr das große B im Autonummernschild spazieren fuhr, das mich als Großstädter kennzeichnete, fuhr ich durch Berlin, nun als eine aus der Provinz.

Im morgendlichen Berufsverkehr kam ich in eine brenzliche Situation. Von der rechten Seite kommend versuchte ein Autofahrer sich auf die Spur zu drängeln, auf der ich gerade fuhr. Er wollte mir mal eben schnell vor die Nase fahren, und war sich offensichtlich sicher, dass das Statursymbol, das er aufrecht stehend auf seiner Motorhaube immer im Blick hatte, ihm das Recht gab, sich etwas rüpelhaft zu benehmen. Ich, in meinem kleinen Geländewagen, hätte sicherlich sofort bremsen müssen, um ihm dem Vorrang zu gewähren. Ganz besonders auch im Hinblick auf das Nummernschild, das mich als Brandenburgerin, also Landpomeranze, brandmarkte.

Der graue Herr im grauen Anzug mit den grauen Haaren im grauen Auto schickte sich also an, mir mal so auf die Schnelle vor die Nase zu fahren. Eben ganz nach dem Motto erst ich und dann das Land-Ost-Weib.

Ich ließ ihn nicht.

Sein Gesicht spiegelte ungeheures Erstaunen wider. So eine Frechheit war ihm wohl noch nie widerfahren, und dann noch ne Frau am Steuer. Und das ihm!

Blitzschnell kurbelte der „Herr“ seine Seitenscheibe herunter, guckte mich provozierend und überheblich an um dann los zu brüllen: „Bleib gefälligst auf Deiner Kuhbläke, Du alte Ostpocke!“

Somit habe ich gelernt, und auch noch mitten auf der Straße, wie man zum Menschen zweiter Klasse abgestempelt werden kann. Aber , da ich mich nicht so einfach abstempeln lasse half mir mein nicht gerade geringes Selbstvertrauen in der zweiten Situation, die sich Tage danach abgespielt hatte.

Ich wusste ja nun, das man Menschen nach ihrer Autonummer klassifiziert. Groß-B bedeutet Besserer Mensch, Groß-Z bedeutet Zicke, ordne Dich unter.

Zs stand damals für den Kreis Zossen in Brandenburg. Das wurde später dann mal in TF umbenannt. Wahrscheinlich gab es zu viele Zicken auf den Straßen....

Mein zweiter Schritt im Erkennen der besseren Menschen ereignete sich auf einer kleinen Nebenstraße in Berlin. Tempo 30 stand am Straßenrand geschrieben, ich hielt mich daran.

Vor mir fuhr eine Fahrschule. Ganz langsam machte da jemand seine ersten Fahrversuche auf kleinen Nebenstraßen. Ich zuckelte also hinterher, an ein Überholen war nicht zu denken.

Plötzlich wurde ich aus meinen Gedanken gerissen. Hinter mir hupte es, und auch die Lichthupe blitze mir von hinten in meinen Rückspiegel.

Da saß doch wieder so ein grauer Herr in seinem grauen Anzug in seiner grauen Nobelkarosse und begehrte, schneller zu fahren.

Sein Gesicht verlor jedoch langsam das Graue, es ging in ein purpurnes bläuliches Rot über. Ich dachte sofort an Schlimmes, Bluthochdruck, Herzattacke oder sonst eine böse Erkrankung. Vielleicht sogar ein Krampfanfall, denn der Herr hinter mir begann auch wie wild zu fuchteln und zu gestikulieren.

Ohne groß zu denken stoppte ich, schaltete meine Warnblickanlage ein und eilte zu dem vermeintlich kranken Herrn hinter mir. Der musste ja nun auch halten und blickte mich mit groß aufgerissenen Augen durch die Scheibe an.

Ich öffnete seine Wagentür und fragte laut und besorgt nach seinem Problem: „Mein Gott, kann ich Ihnen helfen? Beim Blick in meinen Rückspiegel bemerkte ich Ihr Gestikulieren.

Auch ist mir das Verfärben Ihrer Gesichtshaut aufgefallen. Ist Ihnen nicht wohl? Kann ich Ihnen irgendwie helfen? Soll ich Sie zu einem Arzt fahren oder gar den Notarzt rufen?“

Den Mann, ein Herr war er jetzt nicht mehr, verschlug es die Sprache. Es schnaufte, brabbelte Unverständliches, fuchtelte in der Luft herum und war total hilflos.

Ich ließ einige Sekunden verstreichen um ihn dann wieder anzusprechen: „Kann es sein, dass Sie einfach nur an mir vorbei fahren wollten? Ist es möglich, dass Sie die vor mir fahrende Fahrschule nicht bemerkten? Dachten Sie, ich würde über das Fahrschulauto hinwegfahren, um den Weg für Sie frei zu machen? Oder sind Sie einfach nur ein wenig unhöflich und somit ein bisschen ungehalten über mein rücksichtsvolles langsames Fahren? Wollten Sie etwa schneller als die vorgeschriebenen 30 Stundenkilometer fahren?“

Er schnappte wieder nach Luft, und es sah so aus, als wollte er ansetzten mich zu beschimpfen, vielleicht sogar zu hauen.

Ich ließ ihn nicht. „Jetzt, wo Sie sich offensichtlich zu beruhigen scheinen, dürfte die Fahrschule vor uns die Straße wieder frei gemacht haben. Unserem Weiterfahren scheint nichts mehr im Wege zu stehen. Ich hoffe, Sie haben weiterhin einen schönen Tag, den wünsche ich Ihnen jedenfalls. Und passen Sie immer schön auf Ihre Gesundheit auf, nicht jeder ist so hilfsbereit wie ich und erkundigt sich sofort nach Ihrem Wohlbefinden!“

Ich drehte mich auf dem Absatz um, ging zu meinem Wagen zurück und fuhr zügig davon.

Noch im Rückspiegel blickte ich dem Herrn nach, er war gerade dabei, sich wieder in einen solchen zurück zu verwandeln, der noch auf der Stelle stand, als ich schon längst aus dem Blickfeld verschwand.

Hat er vielleicht doch über meine Worte nachgedacht? Habe ich ihm mit meiner Freundlichkeit eines Besseren belehrt?

In vielen kleinen Situationen danach habe ich an diese beiden Begebenheiten denken müssen. Jedes Mal, wenn man mich in eine Schlange von Autofahrern nicht einfädeln lassen wollte, oder wenn mir die Vögel gezeigt wurden.

Gott sei Dank hat sich dieses Verhalten in den vergangenen Jahren gebessert. Uns Menschen aus den neuen Bundesländern zeigt man nicht mehr so oft, dass wir nur die Zweite Klasse sind, und hoffentlich wird das auch noch weniger in den kommenden Jahren.

Dachdecker und die Nutten

Unser Haus war dabei ein richtiges Haus zu werden. Die Handwerker gaben sich die Klinke, besser gesagt, das Werkzeug in die Hand, es flutschte so richtig.

Draußen war es noch mal so richtig kalt geworden. Der Frühling machte eine kleine Pause. Und immer wenn es unsere Zeit zuließ, arbeiteten wir am Umfeld unseres Hauses, damit dann schnell alles hübsch wird. Unsere zukünftige Terrasse nahm auch schon Gestalt an und wurde mit jeder verlegten Platte schöner und größer.

Es sagten sich die Dachdecker an.

Die rückten dann zu fünft mit all ihren Gerätschaften an, hübsche junge Burschen. Zwei von ihnen waren sogar auf der 'Walze', so richtig in ihrer Kluft, mit Hut und Stock. Die sahen schon fesch aus.

Sie bauten ihr Gerät und ihr Material griffbereit auf unserer fast fertigen Terrasse auf. Sogar ein kleines Grill hatten sie dabei, für die Mahlzeit zwischendurch. Trotz kalt und Unordnung war es irgendwie ein bisschen gemütlich. Ich kam jeden Morgen und abends nach der Arbeit nach Schünow, um nach dem Rechten zu sehen. Auch musste ich eventuell für Materialnachschub sorgen und der Hausfirma gegenüber Bericht über die Arbeiten abgeben, so waren wir verblieben.

Ich kam also an und sah schon von weitem irgendwelche Leute auf unserer kleinen Straße vor dem Grundstück stehen. Diese Leute entpuppten sich als drei grell geschminkte Mädchen im Pelzmantel.

Als ich mit meinem Auto aufs Grundstück fuhr begleiteten mich ein paar unflätige Worte, ich stutzte.

Meine Dachdecker machten ein ulkiges Gesicht, ich glaube, die hatten mich noch nicht so früh erwartet.

Als ich da so mit den Handwerkern 'rumstand flogen Worte zu mir herüber wie 'ich solle mich nicht vordrängeln usw.'

Die netten Jungs drucksten herum und einer fasste sich dann ein Herz und erzählte:

Die Drei wären schon um die Mittagszeit erschienen und stünden nun den ganzen Tag da 'rum und machten alle Männer an, die sich zeigten. Es waren Damen vom horizontalen Gewerbe.

In deren Kreisen hatte es sich herumgesprochen, sogar bis nach Berlin, dass es hier im Dorf Männer gäbe, die für ihre Dienste dankbar seien könnten. Einer der Dachdecker fragte mich sogar, ob er mit einer mal schnell in den Keller gehen könnte, er wäre auch ganz vorsichtig und würde es schnell machen...

Ich war von diesem Gedanken nicht so sehr begeistert. Irgendwie war ich ein bisschen hilflos.

Das war ja nun mal ein ganz anderes Problem, hier während der Bauphase. Jedenfalls wirkte meine Anwesenheit ernüchternd auf die Mädchen. Die lauten Bemerkungen ließen etwas nach, sie begaben sich in eine Art Hab-Acht-Stellung und warteten ab.

Auf viel mir allerdings, dass an diesem Nachmittag weit mehr Herren aus dem Dorf unsere Baustelle passierten, so viel Fußgängerverkehr war bislang hier nicht zu sehen. Und einmal, als ich gerade nach vorne guckte, und ein einsamer Mann an unserem Grundstück vorbei schlenderte, öffnete eine der Damen ihren Webpelzmantel. Mir stockte der Atem! Die hatte da nichts 'drunter!

Das war ja nun mal was ganz Neues fürs Dorf. Und ich weiß nicht, was so Mancher, der die Damen da so sah, über uns dachte.

Ich bin ja eigentlich nicht prüde, aber dies war nicht so der Eindruck, den ich als Neu-Schünowerin hinterlassen wollte. Ich befürchtete sogar, man könnte denken, wir würden hier so etwas wie einen Puff eröffnen, und dies wäre schon mal der Anfang.

Ich fühlte mich in meiner Haut nicht so recht wohl.

Nachdem ich erst mal die Dachdecker wieder mehr für ihre Arbeit begeistern konnte, ich brauchte sehr viele nette Worte dafür, stapfte ich durch den Baudreck nach vorne zum Sträßchen um mit den Mädels zu reden.

Die beäugten mich zwar argwöhnisch, ließen dann aber doch mit sich reden. Ich erklärte ihnen, dass dies hier nicht der richtige Ort für ihre Geschäfte sei, und dass ihre Anmache meine Handwerker bei der Arbeit störe. Außerdem sei das Dorf nicht an solche Aktivitäten gewöhnt, und ich wolle nicht diejenige sein, die dieses Gewerbe hier einführen möchte.

Erstaunlicherweise reagierten die Damen dann auch recht verständig. Eine zückte ein Handy und kurze Zeit später kam ein großer Wagen und holte die Drei bei uns vor der Tür ab.

Zum Abschied erfuhr ich noch, dass die Estrichfirma, die Tags zuvor bei uns arbeitete den Tipp gegeben hat, dass eben im Moment in Schünow ihre Dienste gefragt sein könnten.

Ich habe sie danach nie wieder gesehen, nicht im Dorf und auch nicht auf unserer Baustelle, was war ich erleichtert!

Auf jeden Fall bin ich sicher, das dieser Tag eine zusätzliche Attraktion auf unserer Baustelle war, und unser Dörfchen ein paar Tage brauchte, sich von dem Damenschock zu erholen. Gott sei Dank ist später nie darüber gesprochen worden, und ich musste mich nie entsprechend rechtfertigen. Auch ist uns dieser kleine Zwischenfall nie nachgetragen worden, man schwieg diskret.

Ich werde nie wieder behaupten, es fehle an Toleranz, die Dorfbevölkerung hier hat mich eines Besseren belehrt.

Ein Freund

Am Anfang war unser Grundstück eine Brache. Es gehört der Gemeinde und war eigentlich der Friedhof. Nur dieses Stückchen, was dann an uns verkauft worden ist, wurde nie als Friedhof genutzt. Man hatte es mit einem Zaun vom Gräberfeld abgeteilt und die Dorfbewohner nutzten es in der Vergangenheit um Gemüse zwischen zu lagern.

Unser späterer Nachbar lagerte dort sein Brennholz, hängte seine Wäsche auf und ließ seinen kleinen Hund sich da ‚erleichtern'.

Auf dem richtigen Friedhof arbeiteten damals ABM-Kräfte, sie hielten ihn in Ordnung, mähten den Rasen, harkten. Auch Bäume in der Nähe wurden beschnitten und Straßen sauber gehalten.

Irgendwo im Dorf sah man sie immer herumwerkeln.

Als wir da so auf unserem kleinen Acker umgingen, sah man uns manchmal recht belustigt zu. Wir hatten ja noch nicht so viel Ahnung von der Materie Landschaftsbau.

Eines Tages, wir wühlten wieder irgendwo herum, kam einer der ABMs zu uns, redete ein wenig mit uns und bot uns dann seine Hilfe an. Er meinte, wenn wir es wollten, würde er uns bei dem ganzen lästigen Anlegen des Gartens helfen. Irgendwie sahen wir wahrscheinlich auch hilfsbedürftig aus, so in unserer Arbeitskluft.

Und er hatte ja sooo recht. Waren da doch diverse Erdhügel zu bewältigen. Es musste hier geschippt werden, da geharkt werden. Sehr viele Pflanzen mussten in die Erde, eben ein Garten sollte entstehen.

Das Haus war noch im Rohbau und wir vertrieben uns die Wartezeit mit wühlen auf unserem Acker.

Kurz und bündig, wir einigten uns und der neue Bekannte kam. Fast jedes Mal, wenn wir uns im zukünftigen Zuhause zum Arbeiten sehen ließen, stand er mit seiner Schippe da und half.

Er wurde für uns nach ganz kurzer Zeit unentbehrlich. So viele Kleinigkeiten nahm er uns ab, auch war er sehr umsichtig. Und wir schlossen Freundschaft. Eigentlich war er der Erste, zu dem wir in „unserem“ Dorf einen innigen Kontakt bekamen und er wurde ein richtiger guter Freund.

Durch ihn lernten wir Andere kennen, auch Kinder. So auch seinen Sohn. Der war damals gerade 14. Er kam einfach so vorbei, setzte sich irgendwo hin und sah seinem Vater zu.

Manchmal beobachtete ich die beiden, wie sie in intensive Gespräche vertieft waren. Niemals haben sie sich gestritten, immer waren die ganz lieb zu einander. Es machte Spaß die beiden um uns herum zu haben.

Und der Sohn brachte seine Freunde mit. Mal einen, mal mehrere. Die waren ja auch alle ein wenig neugierig auf uns, die Neuen, die da aus der Stadt herziehen wollten.

Und wir ließen es geschehen. Es machte uns Freude, wenn ein Teil der Dorfjugend sich bei uns einfand. Oftmals halfen die dann auch mal hier und da mit, fassten mal mit an oder gaben gute Ratschläge.

Einmal mußte ich an einem Wochenende Getränke-Nachschub für unsere Bauleute beschaffen. Der Sohn fuhr mit mir und ich lernte die Getränke-Stützpunkte der Gegend kennen.

Alleine hätte ich damit so meine Probleme gehabt, zumal der Getränkeverkauf auf irgendwelchen Gehöften stattfand, die von außen nicht immer als eine Verkaufsstelle zu erkennen waren.

Wieder bei uns angekommen, war unser neuer Gärtnerfreund präsent. Ich glaube, er fühlte sich wohl bei uns und er genoss es, dass auch sein Sohn bei uns mitmachte.

Es mussten Bäume woanders ausgepflanzt und bei uns wieder in eingepflanzt werden. Dabei wurden wir ein gutes Team, der Sohn und ich.

Und unser neuer Freund ging auf in dieser Teamarbeit.

Dann kam der Tag unseres Umzuges.

Mit einem LKW und einigen Helfern kamen wir in unserem neuen Zuhause an. Es wurde viel geschleppt und gewurschtelt. Abends war alles an seinem Platz und wir waren recht kaputt.

Unseren neuen Freund haben wir an diesem Tag nicht gesehen, wir wunderten uns ein wenig. Er hatte seine Hilfe in Aussicht gestellt.

Wir wussten, dass er krank war, nur hat er nie so richtig darüber gesprochen, er überspielte das immer mit lockeren Worten, und wir nahmen es dann auch nicht so ernst.

Dann kam unsere erste Nacht auf dem Land. Wir schliefen wie Babys. Die gute Luft, der Umzug, das Neue.

Am nächsten Morgen, wir mussten nochmal schnell nach Berlin, schlichen wir um unser Häuschen. Alles war noch so, wie am Abend zuvor und einfach schön. Wir waren ja so stolz auf alles.

Da kam unser Nachbar heraus, begrüßte uns und...

Eine über den Zaun gerufene Nachricht ließ unseren Atem stocken. "Habt ihr schon gehört? Euer neuer Freund ist tot! Er lag einfach tot im Bett, der Sohn wollte ihn wecken und da war er schon tot."

Erst dachte ich an einen ganz blöden Witz, aber wer mach damit Witze? Alles entpuppte sich als eine sehr traurige Wahrheit.

Später am Tage trafen wir den Sohn. Der war ganz klein, ganz blass und sehr ruhig. Und er tat mir so wahnsinnig leid.

Gott sei Dank hat er im Dorf noch am gleichen Tag eine Pflegefamilie gefunden, so ist ihm ein Heim, ein Waisenhaus, erspart geblieben.

Die Mutter war vor wenigen Jahren an Krebs gestorben, seine zwei kleinen Schwestern lebten seitdem in ein Heim. Vater und Sohn bildeten fortan eine nette kleine Gemeinschaft.

Nun war er alleine.

Ich bot ihm noch am Tag des Todes seines Vaters an, zu uns zu kommen, wann immer er darauf Lust hatte. Ich bot an, ihn zu unterstützen, wann immer er es wollte. Auch sollte er wissen, dass er bei uns „abtauchen“ könnte, wenn er mal eine

Auszeit brauchte, er würde immer ein gern gesehener Gast bleiben.

Von dem Tag an kam er zu uns. Erst selten, dann immer öfter und dann ganz doll oft.

Irgendwie bekamen wir einen ganz besonderen 'Draht' zueinander. Und das ist bis heute geblieben. Heute ist er ein Teil unserer kleinen Familie, er gehört einfach dazu und ist uns extrem wichtig und ich bin stolz und froh, dass er so oft bei uns ist.

Manchmal reden wir über den Vater oder sehen uns alte Fotos an. Dann ist es immer ein bisschen ruhig bei uns, und die Gedanken schweifen dann zurück, zu der Zeit als wir hier die Neuen waren, die für das Kennen lernen und die Hilfe und die Kontakte sehr sehr dankbar waren.

Auch die Freunde des Sohnes und jetzt auch deren Freundinnen, alle sind in der Zwischenzeit so um die 30, kommen viel und oft zu uns. Auch einige der Eltern sind heute richtige Freunde von uns.

All diese Kleinigkeiten, gute Gedanken, unser Garten heute, Bäumchen und Büsche, die wir damals gepflanzt haben, und viele Leute, die wir durch ihn kennen gelernt haben lassen uns an unseren kleinen Freund aus unserer Anfangzeit in Brandenburg denken, und an unsere erste Nacht hier draußen.

Kittelschürzen

Wir wohnten schon eine kurze Zeit in Brandenburg und unser Leben normalisierte sich langsam.

Der Umzug war überstanden. Sogar die neue Waschmaschine funktionierte schon und hatte auch gleich Dauereinsätze, denn die Arbeit im Haus und im noch nicht erkennbaren Garten machten viel Schmutz. an uns und unserer Kleidung. Deshalb hing recht häufig Wäsche draußen auf der Leine.

Schließlich kam eine Frau aus dem Dorf und sprach mich darauf an, dass wir nun ja schon so richtig hier wohnen, eben so mit allem drum und dran. Und eben auch mit ständiger Wäsche.

„Sie wolle ja nicht neugierig sein, und auch nicht aufdringlich," sagte sie weiter, „aber es sei ihr aufgefallen, dass nie eine Kittelschürze dabei hängt, gerade, weil doch so viel Arbeit zu verrichten sei, nach so einem Umzug."

Die Dame fragte mich ein wenig aus, u.a. ob vielleicht noch nicht alle Umzugskisten ausgeräumt seien. Ich erzählte, dass eigentlich alles soweit fertig sei, dass alle Kisten leer auf dem Dachboden stünden.

Nach einer Weile sprang sie dann über ihren Schatten und fragte mich glatt heraus warum ich denn keine Kittelschürzen besäße. Und, um mir einen Gefallen zu tun würde sie bei sich einmal nachschauen. Da würde sich bestimmt eine finden, wo wir doch auch so in etwa die gleiche Figur hätten. Ohne so ein Schürzchen könne man doch nicht leben!

Ich war verblüfft und auch ein bisschen gerührt. Eigentlich wollte ich mich nicht mit einer solchen Schürze schmücken, jedoch wollte ich die freundliche Dame aber auch nicht vor den Kopf stoßen. Sie meinte es doch nur gut, mir eines ihrer Kleidungsstücke zu schenken. Das war unglaublich lieb.

Ich erklärte ihr, dass Kittelschürzen in der Stadt, der ich ja gerade erst den Rücken gekehrt hatte, nicht üblich waren. Und es wäre ja auch egal, was ich bei meinen täglichen Arbeiten beschmutzte, eine Schürze oder ein T-Shirt.

Daraus wuchs sogleich eine Unterhaltung, so von Hausfrau zu Hausfrau. Wir diskutierten Reinigungsmittel, Techniken des täglichen Putzens die besten Zeiten für welche Arbeiten und vieles mehr.

Jedenfalls haben wir uns gut verstanden und sie hat dann akzeptiert, dass ich alle Tätigkeiten auch ohne das geblümte Kleidungsstück, also mit Pullover oder Shirt, verrichten könne.

Wochen oder Monate später glaube ich, die freundliche Dame auch einmal bei ihrer Gartenarbeit in einem T-Shirt gesehen zu haben.

Trotzdem möchte ich an dieser Stelle anmerken, dass so eine Kittelschürze mit dem üblichen Blümchendesign auch ihr Gutes hat und Vorzüge bietet. Sie hat zahlreiche Taschen in denen man mal etwas verschwinden lassen kann. Auch sehen die gedeckten Farben nicht schnell fleckig und dreckig aus. Wer weiß, vielleicht stecke auch ich einmal in so einer Schürze, nur etwas später.

Diese Dame bevorzugte im Übrigen bunt gemusterte Schürzen, und wenn sie auf den Friedhof ging um dort zu gießen und zu harken hatte sie immer eine Gießkanne im gleichen

Ton der Kittelschürze dabei, also bläulich, grünlich oder gar grell pink. War das Wetter nicht so gut hatten sogar ihre Gummistiefel die passende Farbe!

Einmal bat sich mich, ihr aus der Stadt eine hübsche Schürze mitzubringen. „Da gibt es doch sicherlich andere Muster und schickere, als hier draußen auf dem Land.“ Und ihre Größe wäre ja ähnlich wie meine, so dass ich nach Anprobe einer solchen die richtige auswählen würde.

Sie sei es leid, immer wie ihre Nachbarinnen gekleidet zu sein und etwas aus der Stadt zu tragen wäre etwas Besonderes für sie.

Mit großer Freude bin ich extra für sie dann mal einkaufen gegangen. Die Schürze, die ich ihr mitgebracht hatte wurde zu ihrer Sonntagsschürze, auf dem Friedhof habe ich diese nie gesehen.

Dabei fällt mir noch eine sehr nette Begebenheit mit derselben Dame ein:

Als ich dabei war, das Stückchen Land zwischen Zaun an der Straße und Haus vom üppig wachsenden Kraut zu befreien kam sie gerade des Weges. Sie blieb stehen und sah mir mit großem Interesse zu. Auch gab sie mir viele kleine Ratschläge über Arbeiten im Garten, wie manches leichter zu bewältigen sei und vieles mehr.

Da ich nicht unhöflich sein wollte musste ich mich jedes Mal um zu antworten aus meiner hockenden Haltung in die Aufrechte begeben. Nach einer Weile wurde dieses Prozedere immer anstrengender. Außerdem war ich ja auch noch ganz und gar nicht der Gartenprofi!

Das bemerkte die freundliche Nachbarin natürlich und kurzerhand kam sie zu mir in mein Unkraut, bückte sich und fing mit großen Eifer an, mir beim Zupfen und graben zu helfen.

Sie war der Meinung, dass ginge so doch viel schneller.

Ich war von dieser Hilfsbereitschaft überwältigt und gerührt.

Als unser Grundstück dann langsam wie ein Garten auszusehen begann kam sie einige Male vorbei und brachte mir die verschiedensten Ableger, die sie für mich aus ihrem Garte gegraben hatte, und jedes Mals saßen wir dann bei einem Tässchen Kaffee nett beieinander.

Leider ist diese freundliche Dame vor ein paar Jahren verstorben, sie fehlt mir sehr.

Schlafstörungen

Kaum jemand kann sich vorstellen, wie gut man auf dem Lande schläft. Kaum ein Stadtmensch kennt die himmlische Ruhe in den Morgenstunden, die nur vom Vogelgezwitscher durchbrochen wird. Kein Straßenlärm, keine dieser lästigen Geräusche der Miethäuser wie Staubsauger von oben, trabbelnde Füße im Treppenhaus, und so weiter. Eben eine himmlische ländliche Ruhe.

Und ganz besonders schön und ruhig ist es an den Wochenenden. Alles was man hört ist manchmal ein krähender Hahn, vielleicht auch mal ein bellender Hund und eben diese zwitschernden Vögel.

Als wir ganz frisch hier draußen auf dem Land wohnten hatten wir richtige Probleme mit dieser Ruhe. Es fühlte sich zeitweise so wie nach dem Fliegen an, wenn man da so einen Druck auf den Ohren hat, und alles wie durch Watte gefiltert ankommt.

Aber da gewöhnt man sich ganz schnell dran, und wir schliefen fortan wie die Babys.

Und dann kam da dieser Sonntag im Frühjahr. Die Sonne blinzelte durchs Fenster, es roch nach schönem Wetter. Ich hörte von ganz weit weg die vielen Vögel und ein leises Lüftchen säuselte in den Blättern. Ich beschloss, noch ein bisschen weiter zu schlafen und drehte mich noch einmal auf die Seite.

Plötzlich rissen mich laute Schläge aus dem Schlaf. Metall auf Metall schepperte durch die Luft. Ich stand stramm vor Schreck aufrecht im Bett. Dann wieder diese Totenstille. Ich legte mich zurück auf die Seite. Hatte ich geträumt?

Und dann war es wieder da. Heftiger als beim ersten Mal. Sogar mein Mann schreckte hoch, obwohl den fast nichts aus dem Schlaf reißen kann. Es schepperte und krachte, einmal, zweimal, zehnmal. Wir guckten uns ratlos an und es war wieder ruhig. Hatten wir doch nur geträumt? Aber beide zugleich?

Wieder ein Versuch um weiter zu schlafen.

Und dann ging es richtig los. Es knallte so laut draußen, das es in den Ohren klickerte, es war lauter und hartnäckiger als zuvor. Penetrant hämmerte Metall auf Metall.

Wir sprangen aus dem Bett und sahen aus dem Fenster, gefasst darauf, etwas fürchterliches zu sehen. Wir guckten hinten: Nichts! Vorne zur Straße hin: Nichts, kein Mensch weit und breit zu sehen. Aber die Schläge waren da. Die ganze Luft schien zu scheppern und zu vibrieren. Und immer diese Totenstille zwischendurch, als müsse jemand Luft holen um sein Stakkato erneut ertönen zu lassen.

Wir standen ratlos in der Küche, als die nächste Hammersalve zu uns herüber kam.

Beide reckten wir die Hälse um aus dem Küchenfenster zu blicken. Und da sahen wir es, oder besser ihn, unseren Nachbarn. Das war ein alter Herr, der eigentlich ein ruhiger Bürger war, und den man selten hörte. Nur nicht an diesem Morgen, er sah alles andere als friedlich aus.

Er stand gebückt auf seinem Hof und schlug wie ein Wilder mit einer Harke auf einen alten Zinkeimer ein. Ab und an guckte er unter den Eimer, bekam ein ärgerlich verzerrtes Gesicht, holte wieder aus um erneut den armen Eimer zu verprügeln. Fast brach er dabei die Harke ab.

Da standen wir nun am Küchenfenster und wussten nicht so recht was zu tun sei. Sollten wir um Ruhe betteln? Sollten wir Hilfe anbieten?

Was um alles in der Welt war in den Nachbarn gefahren? Sein Blick war ärgerlich sein Gesicht verzerrt. Und so hielten wir uns mit unserem Hilfsangebot zurück. So wie der drein guckte hätte der uns die Harke glatt auf den Kopf gehauen.

Und dann hörte er auf, genau so plötzlich wie er begonnen hatte. Er ließ den Eimer Eimer sein, schmiss die Harke auf den Boden und stapfte davon.

Da war sie wieder, diese himmlische Ruhe. Nur an ein Weiterschlafen war nicht mehr zu denken.

Der Tag ging dahin, nach dem Frühstück genossen wir die Frühjahrssonne auf der Terrasse.

Später, es war Nachmittag geworden, traf ich den Nachbarn am Zaun. Sein Gesicht hatte wieder den gewohnten friedlichen Ausdruck.

Ich wollte ihn nicht gleich wegen der Schäpperei am Morgen anbrabbeln, konnte es mir jedoch nicht verkneifen nach den morgendlichen Harkenschlägen zu fragen.

„Sag mal, was hatte Dir heute morgen eigentlich dieser arme Eimer getan. du hast den mit deiner Harke derart verprügelt, als ob der Teufel in ihm steckte?“

Die Antwort war verblüffend: „Steckte auch! Ich hatte den Hühnerstall ausgemistet, wollte den Hühnerdreck aus dem Eimer kippen und der kam einfach nicht mehr da raus . Und da habe ich eben mit der Harke..., die hatte ich ja noch in der

Hand. Habt ihr das etwa gehört?“ Aber es war doch auch schon nach acht, da schläft doch keiner mehr.“

Oh doch, ein Stadtmensch, auch wenn er jetzt auf dem Land lebt, schläft immer ein wenig länger, jedenfalls an den Wochenenden.

Gott sei Dank ist seither die Hühnerscheiße immer schön brav aus dem Eimer wieder rausgekommen, ohne Harkenprügel.

Viele Bullen und eine Kuh

Ich hatte einen recht langen Weg zur Arbeit seit wir in Brandenburg ansässig wurden. Das bedeutete, dass ich ziemlich früh von zu Hause losfahren musste.

Aufstehen, Badezimmer, anziehen und raus. Dann: Tor auf, Auto raus, Tor wieder zu und ab ging es. Immer ein bisschen müde und auch immer ein bisschen in Eile, wer kennt das nicht.

Schnell war ich auf der Hauptstraße, es war nicht viel Verkehr, das war damals noch nicht so doll, auch fuhren noch wesentlich weniger Autos morgens, und Richtung Berlin fuhren noch viel weniger.

Also, das Radio war an, ich gab Gas, den Berg hinauf, durch das Wäldchen um die Kurve in die Gerade, ab ging die Post.

Eigentlich bin ich kein Raser, ich fahre eben zügig.

Kaum begann ich zu beschleunigen stand ich auch schon wieder auf der Bremse. Etwas Unverhofftes, ein ungewohnter Anblick bot sich mir, der Schreck fuhr mir in die Knochen.

Mitten auf der Straße, es war sogar eine Bundesstraße, standen Rindviecher, und davon eine ganze Menge. Und mit mir stand jetzt noch eine Kuh mehr da!

Daran vorbeifahren ging nicht, die nahmen die gesamte Fahrbahn ein. Und auch am Straßenrand standen noch welche. Ausweichen war also ausgeschlossen.

Als ich da so über meine Blockade nachdachte zog sich der Kreis der Viecherei um mich zusammen, ich stand so richtig mittendrin. Und beim genaueren Hinsehen bemerkte ich, die hatten gar kein Euter, so ein Zipfelchen war da an dieser Stelle. Und Hörner hatten die auch.

Bullen - schoss es mir durch den Kopf. Ich, erst seit ganz kurzer Zeit ein Landmensch, fast noch ein Städter, war ratlos, und ich hatte Herzklopfen. Sind solche Rindviecher eigentlich friedlich?

Der Kreis um mich herum schloss sich enger. Einer der Schwarz-Weißen stand nun direkt vor mir.

Ich tippte einmal kurz auf die Hupe und der Kerl sah mir verschreckt entgegen, rührte sich sonst aber nicht von der Stelle.

Ich versuchte es mit der Lichthupe und erntete ein nervöses Blinzeln.

Jetzt setzte er sich in Bewegung. Aber, verdammt noch mal, in die falsche Richtung. Ganz dicht zu mir kam er.

Schon stand er direkt neben meiner Autotür, Auge in Auge mit mir. War der nun guter Dinge oder wie?

Wir musterten uns gegenseitig. Ich schätzte die Länge seiner Hörner und gleichzeitig die Stärke meiner Autotür ab. Ob solch Gehörn wohl durch die Tür geht, wenn der 'ne Wut bekommt? Schließlich war ich es ja, die den Frieden da auf der Straße gestört hat. Ob er es mir wohl übel nimmt?

Langsam schloss ich meine noch offene Scheibe, besser ist besser. Mache ich das Radio lauter oder vielleicht besser ganz aus? Ich schwankte.

Nun begab sich mein Blockierer wieder vor meinen Wagen, senkte seinen Kopf und fing an, mit dem Vorderfuß auf der Erde zu scharren. Irgendwie erinnerte mich das an einen Stierkampf, die machen das auch immer so, bevor sie losstampfen.

Ich weiß nicht, wie lange wir da so standen, Auge in Auge. Mir erschien es endlos und ich glaube, dass ich ganz blass war.

Der Bulle stürmte nicht los, er riß sein Maul auf, meine Blässe änderte sich schlagartig in totale Farblosigkeit, und...er gähnte!

Von irgendwoher kam ein LKW mit zwei, für mein Gefühl sehr mutigen, Fahrern. Die stiegen einfach aus und trieben die ganze Herde, ruhig und leise auf sie einredend, zur Seite.

Und alle Bullen gehorchten und folgten den Männern wie selbstverständlich zurück auf die Weide. Zum Abschied wurde der Leitbulle noch ein wenig hinter dem Ohr gekrault, wie mutig!

Ein paar herablassende Blicke der beiden Fahrer flogen in meine Richtung, dämliches Weib stand auf deren Stirn. Und wir fuhren weiter.

Mir war das ganz schön peinlich, aber ich lernte ja noch. Heute hätte ich keine Probleme damit, die Viecher von der Straße zu treiben. Das Land hat mir schon viel beigebracht in den Jahren.

Und als ich dann im Büro in Berlin ankam, eine ganze Weile später als üblich, musste ich ja eine Entschuldigung für mein Zuspätkommen abgeben, und da ich nicht lüge sagte ich es, wie es war, "es standen Rindviecher auf der Straße und ich kam nicht vorbei".

Die Gesichter sehe ich heute noch vor mir, auf jeder Stirn stand zu lesen: Die hätte sich doch nun wirklich eine bessere Entschuldigung einfallen lassen können, so etwas dämliches. Und morgen sind Ufos über sie hereingebrochen und blockieren die Straße.

Die Zeit, die inzwischen vergangen ist, hat uns alle dazulernen lassen. Wenn ich wieder mal zu spät kam und meine Entschuldigung lautet: der Jauchewagen blockierte die Einfahrt, ein Mähdrescher stand quer auf der Straße, ein Trecker vor mir hat Heu verloren oder was auch immer, man sah es mir nach.

Die ‚Berliner Stadtbevölkerung hat gelernt, dass es drum herum Land, Landschaft und Landwirtschaft gibt, das war ja durch die Berliner Mauer fast in Vergessenheit geraten.

Für die Berliner war ich nun Landpomeranze, und bei denen gibt es eben noch so vorsinflutliches Zeug. Aber trotzdem kommen die alle immer wieder und immer öfter zu uns aufs Land zu Besuch.

Viele meiner damaligen Kollegen sind unserem Beispiel gefolgt und auch aus der Stadt weggezogen und fast alle bereuen diesen Schritt nicht.

Der Scheibenputzer

Nach der Arbeit wollte ich mich mit meinem Mann in Berlin treffen, wir hatten etwas zu erledigen.

Nun waren wir ja, jeder mit seinem Auto, in der Stadt. Also verabredeten wir uns an zentraler Stellen, um dann mit nur einem Wagen weiter zu fahren. Es ist ja immer schwer, in der Stadt Parkplätze zu finden.

Unser Treffpunkt war der große Parkplatz gegenüber vom Busbahnhof in Charlottenburg.

Ich war ein bisschen früh 'dran. Also fuhr ich auf besagten Parkplatz, suchte mir ein schönes Plätzchen, kurbelte die Scheibe herunter und blinzelte in die Sonne, es war himmlisches Wetter. Manchmal macht es mir Spaß, einfach nur so dazusitzen und Menschen zu beobachten und meinen Gedanken freien Lauf zu lassen.

Leise Musik kam aus dem Radio, ja es waren sogar einzelne Vögel zu hören, da mitten im Lärm der Stadt.

Um mich herum wechselten die Parker, Autos kamen, andere rangierten sich vom Parkplatz, das Typische und Alltägliche eben.

Dann kam da Einer, der offensichtlich auch auf jemanden wartete.

Er parkte seien Wagen, so ganz in Ruhe. Er stieg aus, fing an seinen Kofferraum umzusortieren, klopfte seine Fußmatten aus, wischte etwas ab und kramte eben so vor sich hin. Dann fing er an, mit Lappen und Putzzeug seine Autoscheiben zu reinigen. Mit großer Ruhe wischte er auf seinen Scheiben herum, beguckte sie von innen, von außen und von der Seite.

Irgendwann sah er mich da sitzen. Ich lümmelte in meinem Wagen und döste in seine Richtung. fasziniert von seiner Akkuratesse.

Erst grüßte mich der fremde Herr, ich grüßte zurück. Er lächelte in meine Richtung, ich lächelte zurück. So ging es hin und her, ich glaube wir beide hatten Spaß am Beobachten des Anderen.

Plötzlich kam der Mensch zu mir herüber, dem Nummernschild am Auto nach zu urteilen, ein Berliner, und ich mit meinem TF, einem der Brandenburger Autokennzeichen.

Ohne ein Wort zu verlieren, fing er an, meine Autoscheiben zu putzen, mit der gleichen Ruhe und Sorgfalt, mit der er es eben am eigenen Wagen getan hatte. Ich war sprachlos.

Er sah mir meine Verblüffung an und ohne sich in seinem Tun stören zu lassen fing er an, mit mir zu reden.

Das Erste, was er sagte war: "Ich tue jetzt mal was für die Ost-West-Verständigung, ich habe Zeit, Sie haben mich so freundlich angelächelt, und... Ihre Scheiben haben es auch bitter nötig. Ich hoffe, Sie haben nichts dagegen, dass ich diese ein wenig reinige."

Nur langsam verließ mich meine Sprachlosigkeit, zu der ich im Übrigen sehr selten neige.

Eine recht nette Unterhaltung begann und die Zeit des Wartens wurde auf angenehmste Weise verschönt.

Vorübergehende Passanten guckten öfter mal irritiert zu uns herüber, irgendwie müssen wir beide Aufsehen erregt haben. Und jedes Mal, wenn eine dieser gaffenden Personen mal wieder ihren Mund nicht zu bekam, kommentierte der freundliche Berliner, wie z.B. "Was wollen Sie, andere bringen einer Dame Blumen mit, ich hingegen reinige mir sympathischen Frauen eben das Auto."

Als dann mein Mann erschien, stutzte auch der etwas, als er die Aktivitäten des Fremden bemerkte, jedoch war die Situation schnell erklärt.

Wir standen dann noch eine ganze Weile beisammen und redeten über Gott und die Welt und die Probleme zwischen Ost und West, über Landleben und die Gründe, warum wir die Stadt verlassen haben und aufs Land gezogen sind.

Und wenn ich heute, lange nach diesem netten Erlebnis, über diesen Tag nachdenke, kommt mir noch immer ein warmes Lächeln übers Gesicht.

Leider sind solche positiven Erlebnisse viel zu selten untern uns, unter denen mit dem B, dem TF, LDS oder was weiß ich was auf den Auto-Nummernschildern.

Eisgekühlter Lappen

Alles war ganz neu bei uns, das Haus, der Garten, die Nachbarn und natürlich auch unsere Küche.

Ich hatte einen Riesenspaß daran, alles einzuräumen, dabei aufzuräumen und zu sortieren. Alle Kleinigkeiten bekamen ihren Platz und so füllten sich langsam unsere Schränke und das Chaos des Umzuges löste sich langsam auf.

Ich räumte hier, kramte dort. Krümel wurden weggewischt, Fingerabdrücke auf allem Neuen wurden mit einem Wisch entfernt.

An so einem Wischtag wurde ich durch das Läuten des Telefons aus meiner Arbeit gerissen. Ich nahm das Päuschen dankend an und lehnte mich zurück und plauschte lange.

Danach stürzte ich mich wieder aufs Räumen und Wischen. Der Lappen kam zu dieser Zeit kaum zur Ruhe.

Zwischendurch bereitete ich unser Essen zu, es sollte ein Linseneintopf werden. Und das Kochen in der neuen Küche machte einen Riesenspaß.

Alles dauerte ein wenig länger als es sonst bei mir der Fall war, jedoch musste ich öfter mal etwas suchen. Alle Räume mit allen Schränken waren ja noch so neu.

Oft fand ich die gewünschten Utensilien nicht gleich hinter der ersten geöffneten Schranktür. Und auch mein Mann brachte mich des öfteren aus dem Takt mit seinen kleinen Fragen zwischendurch.

Und weiter gings, toller neuer Herd, tolle neue Spüle.

Endlich köchelte der Eintopf auf dem Herd vor sich hin und der Duft verbreitete sich in Haus und Garten.

Es klopfte an der Tür, als ich gerade wieder mit meinem Lappen in Aktion war, um einen Fleck aus dem Kühlschrank zu wischen. Das Telefon lag auch noch im Weg.

Jemand aus der neuen Nachbarschaft stand draußen und begehrte Einlass. Wir setzten uns an unsere ebenfalls neue Essecke in der Küche und plauschten ein wenig. Schließlich musste ich meinen köchelnden Eintopf ja auch im Auge behalten.

Zwischendurch deckte ich den Tisch und lud unseren Nachbarn ein, mit uns zu Abend zu essen. Dieser nahm das Angebot gerne an und wir plauschten munter weiter.

Ich deckte den Tisch und richtete alles her. Auch mein Mann beendete sein Tun im Garten und gesellte sich zu uns.

Das Essen war fertig, ich begann alles auf Teller zu füllen. Die beiden Männer sahen mir dabei zu. Und dann rutschte mir die Kelle aus der Hand! Mit großem Geschäpper verbreitete ich eine große Linsenlache neben dem Herd. Jetzt blickten mir die beiden Männer erst recht auf die Finger.

Ich griff zur Spüle um meinen geliebten Lappen zu nehmen. Aber da war keiner. Ich schaute mich um, kein Lappen weit und breit.

Da fiel es mir wieder ein. Meine vorherige Wischaktion, Telefonat dazwischen, Besucher an der Tür, blubbernder Eintopf auf dem Herd, Fleck im Kühlschrank...

Wortlos ging ich zu demselben, öffnete ihn. Und richtig da lag er, der Lappen. Ich entnahm ihn wortlos, schloss den Kühlschrank wieder und reinigte mein Missgeschick neben dem Herd.

Hinter mir war es totenstill, und als ich mich umblickte sah ich die vier Männeraugen an mir kleben. In beiden Gesichtern stand eine gewisse Ungläubigkeit. Sogar die dummen Bemerkungen wegen meiner Ungeschicklichkeit starben ihnen auf den Lippen.

Hatte die doch eben den Lappen aus dem Kühlschrank geholt?

Das Gesicht unseres Nachbarn, dieser ungläubige Blick... Nie zuvor habe ich so einen ungläubigen Gesichtsausdruck gesehen.

Aber er war ja höflich, er sagte nichts, starrte mich nur lange und wortlos an.

Da ergriff ich die Initiative, als ich realisierte, was da eben abgelaufen war. So, als ob es das natürlichste auf der Welt ist, erklärte ich, dass dies eine neue Methode sei, alte Küchenlappen frisch zu halten. Man lege sie einfach in den Kühlschrank, und sie werden nie mehr muffelig. Und schließlich fände sich im Kühlschrank immer ein Plätzchen für so einen kleinen Lappen.

Auf der Stirn unseres Nachbarn stand unmissverständlich geschrieben, die Westler haben ′ne Meise! Aber gesagt hat er nichts, kein Wort.

Gott was kam ich mir dämlich dabei vor!

Auch mein Mann enthielt sich jeder Stimme, schließlich wollte er mich ja nicht bloßstellen.

Als wir dann endlich beim Essen saßen habe ich jedoch die Situation aufgeklärt. Irgendwie konnte ich es nicht auf mir sitzen lassen, was ich da so Blödsinniges von mir gegeben hatte.

Und trotzdem hatte ich den Eindruck, als ob ich nicht alle Zweifel des Nachbarn beseitigt hatte. Er nickte zwar verständnisvoll, jedoch blieb ein Hauch von Ungläubigkeit in seinem Gesicht.

Omi auf dem Bufett

Kurz nachdem wir von Berlin nach Brandenburg gezogen waren starb mein Vater. Schon während seiner Krankheit hatten meine Eltern festgelegt, dass beide nicht in Berlin beerdigt werden sollten. Der kleine Dorffriedhof gleich neben uns bot sich an, und meine Eltern waren sicher, dass somit ihre Blumen öfter eine Pflege bekommen würden, als dies bei langen Berlin-Anfahrten der Fall sein würde.

Und so wurde mein Vater dann auch auf unserem Friedhof beigesetzt. Die dafür erworbene Grabstelle war groß genug, um nach und nach unsere ganze Familie aufnehmen zu können.

Und dann kam meine Mutter auf die Idee, auch die Omi, die vor einigen Jahren verstorben war, umbetten zu lassen. Ein kleiner Eigennutz war da natürlich auch dabei. Mutter war keine große Friedhofsgängerin, und so konnte sie die Grabpflege in Berlin sparen und alles mir überlassen, wo es doch so schön nah war für mich.

Es war zwar ihre eigene Mutter, aber das überantwortete Mutter mir gerne. Ganz besonders auch im Hinblick darauf, dass Omi und der Vater ein zwar eigenwilliges, aber doch recht herzliches und nettes Verhältnis zueinander hatten. Und deshalb sollten sich die beiden auch die Stelle auf dem Friedhof teilen.

Ich hatte gar keine Einwände, war doch die Omi etwas ganz besonderes für mich. Sie war, als sie noch lebte, meine verbündete, mein Kumpel, meine Trösterin und noch ganz viel mehr. Sie war auch die Einzige, von der ich, als ich noch Kind war, meine vielen kleinen Streicheleinheiten bekam, die für ein Kind ja so wichtig sind. Mutter hatte da nicht so recht Zeit für und sie war auch nie so eine richtige Streicheleinheitenfrau.

Und Vater war ja viel unterwegs und überhaupt überließ er mich natürlich mit allen großen und kleinen Dingen erst mal der Mutter.

Also war auch ich von dem Gedanken ganz angetan, die Omi dicht bei mir zu haben, hier draußen auf dem Land.

Mutter setzte sich mit dem Berliner Friedhof in Verbindung um die Umsetzung in die Wege zu leiten.

Eigentlich dachte ich, dass es ja kein Problem sein dürfte, so eine Urne einfach auszugraben, um sie dann bei uns wieder einzugraben. Da wurde ich aber doll gestoppt, dass wäre strikt verboten, wurde ich belehrt.

Na ja, der Friedhof wollte eine Menge Gebühren dafür haben, und die sollte er dann ja auch bekommen. Und ich wollte mit der Omi natürlich auch keine krummen Dinger machen, obwohl sie früher für alle möglichen krummen Dinger schnell mal zu haben war...

Also wurde die offizielle Umbettung beantragt.

Mutter musste angeben, auf welchem Friedhof Omi ihre endgültige Ruhe finden soll, Formulare, Formulare, Formulare.

Und dann der Scheck. Das war nicht unbedingt billig, was die Friedhofsverwaltung für das Ausgraben und verschicken in Rechnung stellte!

Dann die Anschrift. Die wollten wissen, zu welcher Friedhofsverwaltung die Omi geschickt werden soll. Geschickt schon aus dem Grund, weil so eine Urne tatsächlich mit der Post versandt wird.

Wir teilten denen mit, dass es bei uns auf dem Dorf keine Friedhofsverwaltung gibt. Das wird alles vom Amt geregelt, dass die einzelnen kleinen Dörfer verwaltet.

Anstelle der Friedhofsverwaltung gab es die Anschrift eines hier ansässigen Bestattungsinstitutes. Das ist hier eben so. Die kümmern sich dann um alles nötige.

Wir gaben die genaue Adresse des Institutes an und warteten nun auf die Omi.

Lange passierte gar nichts, sehr lange.

Und dann gab es den Freitag Abend, an dem wir in lockerer Runde bei uns zu Hause saßen und irgend etwas feierten. Ein wenig feuchtfröhlich war es auch.

Es klopfte an der Tür. Draußen stand ein Nachbar, der zufälligerweise in unserer Amtsverwaltung in der Kreisstadt arbeitete. Er stand lächelnd mit einer braunen Pappkiste vor mir. „Du hast ein Paket bekommen, und das ist irrtümlicher Weise bei uns im Amt abgegeben worden. Ich erklärte mich bereit, es Dir zu bringen, sonst hätte der Briefträger es wieder zurück geschickt.“

Ich stutzte, guckte auf die Kiste, die er weiterhin unter dem Arm hielt, und bemerkte neben meiner korrekten Anschrift eine ganz kleine gelbe Banderole auf der Pappe. In winzigen Buchstaben stand zu lesen Urne – Urne – Urne-....

„Weißt Du, dass Du da die Omi unter dem Arm hast“ fragte ich meinen Nachbarn.

Dieser stand wie zur Salzsäule erstarrt, nahm dann die Kiste und hielt sie mir mit ausgestreckten Armen entgegen. Sein Gesicht sah nicht sehr glücklich aus, und er murmelte sich was Unverständliches in den Bart.

Wie froh schien er dann auch zu sein, als ich ihm diesen Karton abnahm. Meine Einladung, doch auf einen Sprung zu uns hereinzukommen lehnte er dankend ab um auch gleich ganz schnell zu verschwinden.

Da stand ich nun mit der Omi in Händen, denn es gab ja keinen Zweifel mehr über den Inhalt der Kiste.

Wieder im Zimmer angekommen fragte man mich nach dem Grund des Klopfens und nach dem Besucher.

Ich hielt die Kiste vor mich und sagte und kurz „der sowieso hat nur eben die Omi gebracht, reinkommen wollte er nicht.“

Jegliche Unterhaltung erstarb, auch war die Runde plötzlich gar nicht mehr so locker, und alle Augen starrten mich an.

Mit kurzen Worten erläuterte ich, wie es dazu kam, dass ich nun da stand und die Omi in der ollen Pappkiste auf dem Arm hielt.

Die musste ja nun irgendwo hin. Ganz vorsichtig stellte ich sie erst mal auf dem Tisch im Zimmer ab. Sofort lehnten sich alle etwas abrupt nach hinten und guckten gar nicht so glücklich.

Also war das wohl nicht der richtige Platz für Omi.

Ich ging mit ihr in die Küche. Aber Omi auf dem Küchentisch war auch nicht so schön. Eine Lösung musste gefunden werden.

Per Telefon versuchte ich das Bestattungsinstitut zu erreichen, die müssen doch Tag und Nacht zu sprechen sein, dachte ich.

War auch so. Aber gleich kommen konnten sie auch nicht, In der Zwischenzeit war es ja auch schon etwas später am Abend und schon stockfinster draußen.

Wir verabredeten uns für den kommenden Morgen. Da wollten die Herren Totengräber dann zu uns kommen, um der Omi zur endgültigen Ruhe zu verhelfen. Natürlich versuchten sie noch mit den typischen Bestatterworten, die Situation zu retten.

Ich versicherte dann aber, dass ich die Sache im Griff hätte, und die eine Nacht mit der toten Omi bei mir auf dem Küchentisch wäre nicht so schlimm.

So, nun musste Omi ja irgendwo bleiben, für diese eine Nacht.

Da fiel mir die Uhr ein. Als Omi vor Jahren ihre Wohnung aufgab bekam ich diese wunderschöne alte große Standuhr, die alle 30 Minuten lautstark die Zeit ansagt. Diese hieß bei uns immer Die Oma. Und Die hölzerne Oma hat einen schönen großen Uhrkasten.

Ich dachte dass dies der geeignete Platz zum Übernachten für Omi wäre, und versuchte, die Urnenpappkiste in eben diesem Uhrkasten zu verstauen.

Ging aber nicht, die Omi war für den Uhrenkasten zu groß. Und irgendwie hatte ich Skrupel, die Kiste zu öffnen, um nur die Urne, ohne Kiste, dort zwischen zu lagern.

Nun stand ich wieder ratlos da, immer ein Auge auf der Omikiste.

Und dann wusste ich es: Ich nahm ein Deckchen, placierte es auf dem Bufett und stellte die Omi drauf. Das schien mir der geeignetste und angemessenste Ort zu sein, wo die Omi ihre Nacht verbringen könnte. Ich hatte dann auch das Gefühl, das sie zufrieden war.

Unsere Gäste blieben dann nicht mehr sehr lange. Die Omi in der Kiste auf dem Bufett verursachte bei unseren Besuchern ein Gefühl, dass keine laute Feierei mehr duldete.

Den Rest des Abends musste ich sehr oft zur Omi gucken. Es war schon eine merkwürdige Atmosphäre. Mein Mann und ich stellten sogar das Fernsehen etwas leiser als sonst, wir wollten sie ja nicht stören, die Omi

Am nächsten Morgen ging ich ganz früh los, um einen hübschen Blumenstrauß zu besorgen. Diesen stellte ich erst mal auf das Bufett neben die Omi. Sie hat Blumen immer sehr geliebt.

Etwas später kamen dann auch die beiden Herren des Bestattungsinstitutes, in schwarzen Anzügen, wie es sich gehört. Der Omi hätten die beiden gefallen! Sie nahmen die Kiste mit der Omi vorsichtig vom Buffet und trugen Sie zum bereits vorbereiteten Familiengrab. Ich folgte mit meinem Blumengebinde.

Drüben auf dem Friedhof wurde Omi von der Pappkiste befreit. Etwas makaber war die knisternde Plastik-Tüte, in die man die Omi nach dem Ausgaben in Berlin gehüllt hatte. Auch war die Urne noch ein bissen mit Erde verschmutzt, zum Reinigen waren die Gebühren wohl noch nicht hoch genug! Und zwischen Pappe und Plastiktüte klemmte auch noch ein etwas dreckiger und verwurschtelter Zettel, das war die Empfangsbestätigung für die Omi.

Wir setzten die Omi zur endgültigen Ruhe bei. Ein nun allerletztes Mal war sie ganz dicht bei mir und wir beide waren, wie früher so oft, zusammen.

Meine Mutter kam zur zweiten Beisetzung ihrer Mutter nicht zu uns, fand sie wohl nicht so wichtig....

Der kleine Friedhof war ganz ruhig. Nach einem kurzen Verweilen arrangierte ich dann auch meine Blumen, dass es der Omi gefallen hätte.

Neben meinem Vater und der Omi hat in der Zwischenzeit auch meine Mutter ihre letzte Ruhestätte gefunden, und die Stelle wird von uns ordentlich gepflegt.

Nach dieser Begebenheit war ich erst stinksauer über die Machenschaften des Berliner Friedhofes. Die Art und Weise, wie die meine Omi da auf den allerletzten Weg gebracht haben war schon reichlich skrupellos und makaber. Auch über meine Mutter war ich recht sauer, nachdem sie es nicht für nötig gehalten hatte. auf dem nun allerletzten Gang der Omi dabei zu sein.

Aber in der Zwischenzeit, es sind ja nun auch schon wieder einige Jahre vergangen, hat diese Begebenheit schon ihre eigene Komik bekommen. Und eines weiß ich ganz sicher: Die Omi hätte mit uns zusammen recht herzlich darüber gelacht, denn sie hatte einen himmlischen Humor und hätte für die vielen kleinen Pannen der Umsetzung schon so allerlei Entschuldigungen gehabt.

Im Übrigen habe ich bis heute diese zerknüllte Empfangsbestätigung nicht abgeschickt und verwahre sie bei Omis Papieren.

Eigentlich hatte ich mir immer mal wieder vorgenommen, bei der Berliner Friedhofsverwaltung nachzufragen, wann die Omi denn nun endlich bei uns ankommen wird. Vielleicht mache ich das doch noch mal, irgendwann.

Technische Männer

Jeder kennt wohl den Ausspruch „Frauen und die Technik...“, das weibliche Geschlecht hat aus irgendeinem dummen Grund den Makel, nicht mit Technik umgehen zu können.

Dabei müssen die meisten Frauen mit viel und verschiedenster Technik klarkommen. Denke man nur an die vielen technischen Dinger im Haushalt, Geschirrspüler, Waschmaschine, hightech Brotschneider, Rührgeräte, Herde, Mikrowellen. Und kaum eine Frau hat ständig einen Kerl zur Hand, der ihr mal schnell technische Beratung zukommen lässt, wenn es um die täglichen Belange zu Hause geht, und diese Geräte zum Einsatz kommen sollen.

Aber was macht Mann, wenn er mal soll und kein Weib kann ihm auf die technischen Sprünge helfen?

Ich kann mich da an etwas erinnern, und das ging so:

Normaler Weise war sie vor ihm zu Hause und konnte mit den täglichen Verrichtungen beginnen, aber an diesem einen Tag war das anders.

Am Abend davor besprachen Sie den morgigen Tagesablauf. Sie versprach, den Geschirrspüler soweit vorzubereiten, dass er, wenn er dann zu Hause war, nur noch auf das rote Knöpfchen drücken müsste. Da könne doch nichts schief laufen.

Als sie dann, später als gewöhnlich, zu Hause ankam, war noch immer das schmutzige Geschirr in der Maschine. Er saß zeitungslesend in der Küche.

Zuerst wollte Sie nicht gleich mit der Tür ins Haus fallen, Männer sind ja so sensibel. Jedoch stellte sie nach angemessener Zeit fest, dass er es doch vergessen hätte, besagtes Knöpfchen zu betätigen. Auf seinem Gesicht erkannte Sie Nachdenken und Stirnerunzeln. Sekunden später begab er sich ins Bad, kam dann auch gleich zurück um sich wortlos wieder am Tisch nieder zu lassen.

Mit Männern muss man ja so vorsichtig sein, also ließ sie wieder etwas Zeit verstreichen, um nach dem kurzen Badezimmerbesuch zu fragen.

Er druckste, rutschte unruhig auf dem Küchenhocker herum und gestand dann eben doch.

Es war ihm nicht entfallen, irgendein rotes Knöpfchen betätigen zu müssen, sobald er zu Hause angekommen war, aber rote Knöpfchen gibt es doch so viele im Haushalt, und als er, sowieso gerade im Bad, ein rotes Knöpfchen bemerkte, drückte er es eben.

Dass er damit die Waschmaschine in Betrieb genommen hatte war ja auch nicht weiter schlimm, die geht ja ständig. Nur war diesmal keine Wäsche drinnen. Aber immerhin, er hatte, wie ihm befohlen, auf ein Knöpfchen gedrückt, es soll doch keiner behaupten, er würde so wichtige Aufträge vergessen!

Was solls, das richtige Knöpfchen wurde eben etwas später betätigt, und das damit der Zeitablauf an diesem Tage etwas durcheinander geriet, war dann ja auch wieder Frauensache, die ja sowieso nie zur rechten Zeit fertig werden...

Eine andere Begebenheit ist mir zu diesem Thema auch immer im Gedächtnis. Es handelte sich um einen neuen Video-

Rekorder, der seit kurzem seinen Dienst in dem selben Haushalt verrichtete.

Mann war froh über dieses neue technische Spielzeug, verließ sich jedoch gänzlich auf sein Weib, wenn es um das Programmieren und Abspielen des Gerätes ging. Auch verweigerte er sich jeglicher Einführung in die Geheimnisse des neuen Gerätes, obwohl sie es immer wieder versuchte, ihm nahe zu bringen.

Dann gab es jenen Tag, da sie früh müde war und ins Bett ging. Er saß vor dem Fernseher, um sich noch einen Film anzusehen. Dann wurde auch er müde und wollte ins Bett. Der Film war aber doch so spannend. Er erinnerte sich des Video-Rekorders und die vielen Versuche ihrerseits, ihm das Gerät schmackhaft zu machen.

Nun war der Punkt da, er wollte, war sich aber nicht sicher. Aber das wäre ja wohl gelacht, bisher hatte er doch noch jedes Ding in Gang bekommen. Also schritt er zur Tat. Er versuchte, alle Anweisungen wieder vor sein geistiges Auge zu rufen. Timer, Vorlauf, Rücklauf, Anfangszeit, Ende der Aufnahme...

Viele Tasten, Anweisungen eingeben, wieder zurücknehmen, Tasten, Knöpfchen, Tasten... Und plötzlich erschien das kleine Kontroll-Lämpchen, das den Beginn der Aufnahme signalisiert.

Zufrieden mit sich und der beginnenden Aufnahme des nicht zu Ende gesehenen Filmes begab er sich ins Bett.

Am nächsten Morgen schlich er ins Wohnzimmer und stand starr vor Schreck. Aus dem Video-Rekorder guckte die Kassette heraus. Er hätte schwören können, dass sie gestern Abend noch im Gerät gesteckt hatte, heute guckte sie raus!

Er entnahm die Kassette mit zittrigen Händen. Das Band befand sich auf der linken Seite, so, als ob sich die Kassette wieder im Urzustand befand, obwohl das Gerät letzte Nacht die Aufnahme signalisiert hatte, und obwohl die Geräusche auch verrieten, das aufgenommen wurde.

Er nahm die Kassette und begab sich zu seiner Frau. Blass vor Schreck beichtete er nun sein Missgeschick: „Ich glaube, ich habe unseren Video-Rekorder kaputt gemacht, und obendrein habe ich die Kassette zerstört. Und zu allem Überfluss habe ich den Film nun auch noch von hinten aufgenommen, wie spielen wir den denn nun ab?“

Sie blickte ungläubig in sein zerfahrenes Gesicht. Video kaputt? Kassette kaputt? Film von hinten aufgenommen? Film von hinten abspielen?

So etwas hatte sie ja noch nie gehört. Sollte es bei dieser Technik doch noch Sachen geben, die sogar ihr noch nicht geläufig waren?

Aber sie, als ein technisch bewandertes Weib, konnte nach kurzem Überlegen helfen. Jedoch musste sie sich das Lachen sehr verkneifen, ein breites Grinsen blieb aber im Gesicht.

Sie beruhigte den Gatten, lobte ihn sogar für die gelungene Aufnahme. Nur hatte es nicht so recht mit der Timer-Aufnahme geklappt. Er hatte kein Ende programmiert, was zur Folge hatte, dass die Kassette komplett durchlief und drei Stunden aufzeichnete. Und als das Kassettenende kam, spulte das Gerät alles wieder zurück und spuckte die Kassette aus. Somit ist das Band dann wieder an der Stelle, nämlich links, um neu bespielt zu werden.

Und wo doch der Gemahl gelernt hatte, dass bei einer unbespielten Kassette das Band auf der linken Seite sein müsste, nach seiner Aufnahme das Band nun aber auf der rechten Seite zu sein hatte, es aber nun doch wieder auf der linken Seite war, brach für ihn eine Welt zusammen. Das Rechts und Links war durcheinander. Da hörte sein frisch erworbenes Verständnis über Video-Rekorder auf, und zwar gänzlich!

Die kleine Spitze konnte sie sich dann doch nicht verkneifen, als sie ihn darauf hinwies, dass man mit diesen neuen Geräten schon eine Menge machen kann, Aufnahmen eines Filmes von Hinten jedoch unter gar keinen Umständen möglich sind!

Aber seither hat er es aufgegeben sich mit TV-Aufnahmen zu befassen. Er ist froh, dass sie sich um diese Kleinigkeiten kümmert und ab und an spielt er auch mal eine Kassette ab, aber Aufnehmen, das lässt er für immer bleiben, könnte ja doch sein, das dabei mal ein Film rückwärts aufgenommen wird, und dann kann man ihn nicht mehr abspielen, ...jedenfalls nicht von hinten! Die Skepsis hat sie ihm nicht nehmen können.

Aber es gibt noch mehr über technische Männer zu erzählen. Ich erinnere mich an die Tücken der modernen Bürokommunikation.

Ich hatte einen Kollegen, der sich kurz nach der deutschen Wiedervereinigung in einem Westbüro wiederfand, und sich mit allen Neuerungen recht schnell zurechtfand. Egal, ob es der High-Tech-Kopierer war, oder die Vielfältigkeiten der neuesten Computertechniken. Er war lernwillig und auch sehr interessiert.

Und dann kam der Tag, an dem er dringend ein Fax loswerden wollte. Wir West-Büro-Damen standen ihm in jeder Situation mit Rat und Tat zur Seite, nur wollte er nun doch endlich auch mal alleine.

Er kam in unser Büro, ging zielstrebig auf das Fax-Gerät zu, nahm sein Schriftstück und führte es in den dafür vorgesehenen Schlitz ein. Das Gerät reagierte prompt und zog von unten am Papier, um es in die rechte Position zu bringen.

Nun nahm der Neu-Faxer sein Telefonbüchlein und tippte die entsprechende Nummer am Gerät.

Jetzt galt es zu warten. Er lümmelte sich entspannt an das Möbel um nun dem Vorgang seinen Lauf zu lassen.

Das Gerät tat wie ihm befohlen und wählte die Nummer. Man hörte auf der anderen Seite den fordernden Klingelton. Es klingelte vielfach, ohne das der Fax-Apparat zur endgültigen Tat schritt, um das Schriftstück per Geisterhand durchzuziehen und zu verschicken.

Plötzlich sprach das Faxgerät, es trällerte ein fröhliches „Hallo" aus dem Gerät. Und wieder rief der Apparat „Hallo, melden Sie sich doch".

Mein Kollege erstarrte zur Salzsäule. Er stand stramm, und stierte auf den Kasten, der wiederholt um Antwort bat.

Da beugte sich der Kollege etwas dem Gerät entgegen um, ganz zaghaft, mit einem unbeholfenen Lächeln nun auch ein Hallo in Richtung des Fax-Gerätes zu flüstern. Als Antwort bekam er ein barsches „Nun melden Sie sich doch endlich!"

Er versuchte es wieder mit seinem kaum hörbaren Hallo. Dabei beugte er sich noch tiefer herunter. Ehrerbietig sah er dabei aus, fast unterwürfig, und seine Hallos wurden immer leiser.

Dann drehte er sich zu uns um. Ganz blass war er im Gesicht. Ich glaube, ich habe sogar Schweißperlen auf seiner Stirn entdeckt.

„Es spricht mit mir, aber es hört mich wohl nicht“ kam es aus seiner trockenen Kehle.

Auf der anderen Fax-Seite hatte die Dame es aufgegeben, nach einer Antwort zu fragen, sie hatte wohl den Hörer aufgelegt und aus dem Gerät tönte nun das Besetzt-Zeichen.

Mein armer Kollege wagte kaum zu sprechen. Er blickte in unsere grinsenden Gesichter und langsam kam wieder Leben in sein Gesicht.

Und, als ob wir den Vorgang nicht mit großem Vergnügen beobachtet hätten, plapperte er drauf los: „Ich hab aber alles richtig gemacht, so, wie ihr es auch immer tatet. Und als ich die Nummer gewählt hatte, hat es nicht gefaxt, sondern mit mir gesprochen. Ich wollte den Kasten doch weder ärgern noch ihn kaputt machen. Und dann hat die Maschine mir nicht mal geantwortet, obwohl ich doch mehrfach ihr Hallo erwiderte, und höflich war ich auch!“

Wir konnten uns nicht mehr beherrschen. Laut lachend erklärten wir, dass er wahrscheinlich nicht eine Fax-Nummer angewählt hatte, sondern einen normalen Telefonanschluss. Und die Dame am anderen Ende konnte doch nicht wissen, dass da nur eine Fax-Maschine um Anschluss bat, nicht ein Mensch.

Von da an jedoch hatte der Kollege keine weiteren Probleme mit der neuen Bürotechnik, unser Lachen hat er uns auch verziehen.

Aber wo ich gerade beim Thema Faxen bin, da fällt mir auch dies noch ein:

Es ist Jahre her, und die Faxerei war gerade ganz frisch auf dem Markt. Da gab es einen Bürolehrling, der mit den ersten eigenen Aufgaben betreut wurde. Diesmal sollte es ein Fax in eigener Regie sein.

Er begab sich zu dem einen Gerät, damals gab es die noch nicht in jedem Büro. Er schob seine Seite ein, tippte die Nummer. Das Fax versah seinen Dienst und spuckte das Papier nach vollendetem Fax-Vorgang wieder aus.

Er nahm es, besah es, schob es wieder in den Apparat, tippte wieder eine Nummer, und das Gerät tat wiederum seinen Dienst.

Wieder entnahm er das Papier, blickte wieder drauf, steckte es nochmals hinein, tippte wieder usw., usw.

In der Zwischenzeit bildete sich eine Schlange Wartender, die auch alle mal eben ein Fax zu versenden hatten. Sie warteten geduldig.

Als jedoch der junge Mann zum zigsten Mal den Vorgang wiederholen wollte, fragte eine der wartenden Damen, warum er dies denn so oft wiederholte. Solle denn dieses gleiche Fax an so viele verschiedenen Leute geschickt werden?

Total gestresst erwiderte der Arme „ich weiß ja auch nicht was passiert, aber der blöde Brief kommt immer wieder raus!"

Offensichtlich dachte das Dummerchen, dass die Maschine den zu faxenden Brief erst verspeisen muss, oder das der Brief nun wie von Geisterhand durch die Luft zum anderen Partner gebeamt wird, weiß der Himmel. Im Laufe der Jahre wird er es wohl gelernt haben.

Und da sag mir noch mal einer „Frauen und die Technik“.

Na, wo issa denn?

Kennen Sie diesen Satz? Kommt er Ihnen bekannt. vor? Sind Sie Hundeliebhaber?

Und das ist gemeint:

Ein uns gut bekannter Hund kommt bellend, wedelnd und ungestüm auf uns zugelaufen.

Hund freut sich heftig, uns zu sehen, springt an uns hoch, hüpft um uns herum, kläfft ein bisschen, wedelt mit dem Schwanz, spitzt die Ohren.

Wir beugen uns nach unten, gehen in die Hocke oder stützen die Hände auf die Oberschenkel. Unser Gesicht ist unserem Gegenüber so nah, dass er unseren Atem riecht.

Und dann kommt es: „Na, wo issa denn?“

Wir schlagen uns auf die Schenkel, klatschen in die Hände, strecken uns, beugen uns wieder nach unten...

Wieder und Wieder fragen wir unser vierbeiniges Gegenüber zwischen Streicheln und Tätscheln „ja, wo isser denn, na, wo isser denn?“

Und er steht doch genau vor uns!

Sind wir alle blind, blöd oder wenigstens stark sehbehindert? Das Hundchen steht da, berührt uns, stubst mit der Nase, stellt die Ohren aufrecht, um uns besser hören zu können, fragt sich, ob dies vielleicht ein Kommando ist, bei dem es sich hinschmeißen muss, schmeißt sich hin...

Und wieder fragen wir ihn, wo er denn sei. Auf nur 30 cm Entfernung wird unserem armen Gegenüber immer und immer wieder diese Frage gestellt.

Wäre ich Hund, würde ich vorsichtig mit dem Pfötchen winken, würde, nachdem ich zum zigsten Male gefragt werde, ein zaghaftes „jaha, hier bin ich doch“ antworten.

Und irgendwann würde ich fragen: „Bist du Dussel blind? Muss ich dir erst in die Wade kneifen, damit du bemerkst, dass ich leibhaftig vor dir stehe?“

Aber Hund ist diskret und meist gut erzogen, Hund wackelt nur dezent mit dem Schwänzchen und freut sich über unser Zusammentreffen. Und dass auch noch, nachdem wir Hund offensichtlich nicht sehen können, weil wir ihn doch schon wieder fragen: „na wo issa denn, ja wo issa denn?

Haben Sie jemals irgendwo auf dieser Welt beobachten können, dass, wenn sich zwei Menschen treffen, der eine den anderen schenkelklopfend und in die Augen blickend fragt, na, wo bist Du denn, wo biste?“

Vielleicht sollten wir diese Begrüßungsform einführen, bei uns. Es sollte nicht mehr lauten “Hallo, wie geht’s Dir “, oder „Mensch, wir haben uns ja ewig nicht mehr gesehen“. Es wäre doch schön, auch wenn der andere nicht vor Freude wedelt, immer und immer wieder zu fragen „wo issa denn, ja wo biste denn“!

Aber es gibt schon Zeitgenossen, die, wenn auch in leicht abgewandelter Form, diese Art der Begrüßung nutzen.

Haben Sie Telefon? Kennen Sie diese Situation?

Sie sind zu Hause und das Telefon klingelt. Sie nehmen den Hörer in die Hand und melden sich, meist dann auch mit Ihrem Namen.

Und dann kommts: „Hallo, wo bist du denn, bist du schon zu Hause?“

Jaha! Herrgottszeiten! Nahm ich nicht soeben diesen Anruf höchstselbst entgegen?

Gott sind wir manchmal blöd. Warum sind wir nur so oft so gedankenlos in unserem Reden und Handeln? Warum plappern wir so viel dummes Zeug? Nicht immer ist diese Gedankenlosigkeit lustig. Nicht immer ist es n u r ein Hund, den es trifft.

Metatasten

Meine kleine Oma, ich hatte eine kleine und eine dicke Oma, fühlte sich etwas krank und begab sich in ärztliche Behandlung.

Die dicke Oma war nie richtig krank, wurde aber leider nur 71 Jahre alt, sie starb ohne eine Vorwarnung, einfach ganz schnell und plötzlich.

Die kleine Omi war auch nie richtig krank, war dann aber mal der Meinung, einen Arzt konsultieren zu müssen, besser ist besser.

Der Arzt untersuchte sie, fand jedoch nichts Besonderes. Als die Omi nun aber über Schmerzen in den Gelenken usw. klagte überwies er sie, wie es sich gehört, zu einem Orthopäden.

Auch dieser untersuchte gründlich, konnte aber auch nichts Ernstes feststellen. Omi war weit über 70, da tun eben manchmal die Knochen etwas weh.

Um nun aber alle Eventualitäten auszuschließen veranlasste er alles Mögliche, die Omi war von seiner Fürsorge begeistert.

Dann bekam sie einen Umschlag in die Hand gedrückt, selbstverständlich fest verschlossen, das war damals so üblich. Der Umschlag war für den Hausarzt bestimmt, sie sollte ihn beim nächsten Besuch dort abliefern.

Omi behandelte diesen Umschlag wie eine Urkunde. Zu Hause überwältigte sie dann jedoch die Neugier und sie begann Vorkehrungen zu treffen, diesen Umschlag, ohne äußere Spuren zu hinterlassen, zu öffnen.

Das tat man, lernte ich damals, über einem Topf mit kochendem Wasser. So löste sich die Verklebung des geheimnisvollen Umschlages, und man konnte ihn später wieder verschließen. Das machte das Papier nur ein wenig wellig, was man dann aber mit einem Bügeleisen wieder glätten konnte.

Woher Omi dies alles wusste ist mir nie verraten worden.

Nach dieser Prozedur hatte sie nun den Befund des Orthopäden vor sich und las den Text mit großem Interesse.

Fremdwörter über Fremdwörter schwirrten vor ihren Augen, verstanden hat sie rein gar nichts.

Nun begab sie sich in die Bücherei um dort Hilfe zu bekommen. Einer freundlichen Dame schilderte sie das Problem und es wurde ihr ein ärztliches Lexikon empfohlen. Dies lieh sie dann auch sofort aus und eilte nach Hause, denn viel Arbeit lag vor ihr.

Bei einem Tässchen Kaffe ging sie ans Werk. Der Schreibblock neben ihr füllte sich und langsam bekam jedes der fremden Wörter eine ihr verständliche Bedeutung.

Um das Resultat zusammen zu fassen: Es gab keinen bösen Befund in dem Schreiben. Der Arzte hatte nichts gefunden, auch keine Metastasen!

Aber das ist ja nun mal ein bedeutendes und böses Wort. Omi las nur Meta.... Und war fürchterlich aufgeregt. Das vor diesem bösen Wort k e i n e stand hatte sie glatt überlesen.

Sie rief mich an und war fertig mit den Nerven. Sie erzählte mir von ihrer Brieföffnungs-Aktion, dem Wörterbuch und dem vermeintlich schlimmen Befund.

„Ich habe METATASTEN“ war ihre persönliche Deutung des Arztberichtes.

Sie hörte mir auch nicht zu, als ich versuchte, ihr beim aussprechen dieses Wortes zu helfen. Es blieben METATASTEN, punkt um.

Tage später besuchte ich sie. Wir saßen im Wohnzimmer, und sie berichtete vom Besuch bei Herrn Doktor, dem sie den verschlossenen (!) Umschlag vorgelegt hatte.

Auch der beglückwünschte sie zu der Diagnose, dass es eben keine Diagnose gab.

Ihre Meinung war eine ganz andere: „Die halten doch alle zusammen, wenn der eine mir nicht die Wahrheit sagt, tut der andere es auch nicht, alles Verbrecher!“

Dann nahm sie mich am Ärmel und führte mich in die Küche.

Auf dem breiten Fensterbrett, wo sonst immer ihre Blumentöpfchen standen, hing ein Tuch über irgend einem Gestell.

Ich musste herantreten und sie zog das Tuch runter als enthülle sie ein Kunstwerk.

Ich guckte ein bisschen blöd aus der Wäsche! Vor mir stand ein kleines Regal, dass sie selber auf die Schnelle zusammen gezimmert hatte. Und auf den Regalbrettchen standen diverse kleine Glasgefäße, Schüsselchen, Marmeladengläschen und dergleichen.

In jedem dieser Gefäßchen schwappten.... Omis Morgen-Urin-Pröbchen der letzten Tage.

Ich machte ein dummes Gesicht und wusste nicht so recht, was ich sagen sollte.

Nun nahm Omi jedes Gläschen, hielt es gegen das Licht, runzelte die Stirn um dann mit dem Finger auf etwas zu deuten.

„Siehst du, da schwimmen sie, die Metatasten, in jeder Probe habe ich welche gefunden, Metatasten über Metatasten. Die Ärzte wollten mir nur nicht die Wahrheit über meinen schlimmen Zustand verraten."

Nachdem ich meine Sprachlosigkeit überwunden hatte, hatte ich Mühe, mein Lachen zu unterdrücken. Ich wollte doch meiner kleinen Omi nicht ins Gesicht lachen, wo sie doch soo krank war.

Ich versuchte zu erklären, sie wollte es nicht hören. Ich versuchte auch, ihr die Galerie der Urin-Pröbchen auszureden, sie ließ keine meiner Einwände zu.

Damit nicht gleich jeder, der zu ihr in die Küche kam auf die Pröbchen guckte, hätte sie ja das dunkle Tuch darüber gehängt. Sie wolle ja auch niemanden mit den vielen Metatasten erschrecken, versicherte sie mir.

Nach einer gewissen Zeit verschwand dieses Regälchen wieder von ihrem Küchen-Fensterbrett.

Auch das Gerede über ihre vielen Metatasten verebbte irgendwann wieder, denn offensichtlich war sie stärker als die Metatasten.

Sie erfreute sich bis ins hohe Alter von fast 90 Jahren einer eigentlichen ganz guten Gesundheit.

Fazit: Mit Stärke kann man eben auch Metatasten besiegen, meine Omi hats bewiesen.

Bis heute heißen die Dinger bei mir übrigens immer noch METATASTEN, das nimmt dem Wort das Schreckliche!

Und wenn ich deshalb mal von jemandem darauf angesprochen werde, „das heißt doch…“, habe ich jedes Mal die Kurzform dieser kleinen Geschichte erzählt.

Ver-Bun-De-Strich

Ich hatte gerade eine neue Arbeit angetreten; bei einer Bauverwaltung. Am gleichen Tag begann noch eine junge Dame ihre Arbeit dort.

Wir waren da am Anfang ziemlich auf uns alleine gestellt, die Kollegin, die uns einarbeiten sollte war gerade im Urlaub.

Aber was solls, hatte ich doch schon öfter mal die Arbeit gewechselt in den Jahren meines Berufslebens, das werde ich schon hinkriegen, war ich der Meinung. Mein Selbstvertrauen war recht ordentlich.

Die ersten Tage verliefen auch ganz ordentlich, mein neuer Chef war, glaube ich, mit meiner Arbeit recht zufrieden.

Auch die andere neue Kollegin tat sich nicht schwer, und wenn es Fragen gab, wandte sie sich an mich, hatte ich doch schon etwas mehr Berufserfahrung als sie.

Und dann, es war etwa in unserer zweiten Arbeitswoche, musste eine öffentliche Ausschreibung für ein Bauvorhaben dringlich und schnell verändert und korrigiert werden.

Eine Ausschreibung ist ein irrsinnig wichtiges Stück Papier, fast wie eine Urkunde. Das wussten wir, und so arbeiteten wir auch sehr sorgfältig und mühten uns redlich.

Unser Boss fing an, vertrauen in unsere Arbeit zu haben. Dazu trug natürlich auch meine Art zu arbeiten bei. Ich vermittelte immer den Eindruck, alles zu verstehen und alles in seinem Sinne umzusetzen.

Es war daher eine angenehme Atmosphäre und die Arbeit machte richtig Spaß.

Nun arbeiteten wir an diesen Ausschreibungsunterlagen. Wir tippten und tippten und tippten. Viele Seiten entstanden auf diese Weise.

Dann folgten die üblichen Korrekturen. Dazu holte sich unser Chef die entsprechenden Bauleiter hinzu, und die Herren steckten mit den Köpfen über diesen wichtigen und umfangreichen Unterlagen.

Wir wurden ein gutes Team. Der Chef kam in unser Büro und vergab Seiten mit Änderungen. Eine Seite bekam ich, dann wieder eine Seite meine neue Kollegin.

Damals waren das noch keine Bildschirm-Arbeitsplätze. Es wurde ge-Tip-ext, kopiert, zusammen geschnitten und geklebt, wieder Kopiert usw. bis dann endlich die geschriebenen Seiten ein Ganzes ergaben.

Wir hatten richtig viel zu tun, und die Herren Bauingenieure, mit ihren ‚rauchenden' Köpfen über den von uns getippten und wieder und wieder geänderten Seiten arbeiteten vor sich hin.

Da kam meine kleine neue Kollegin mit einer geschriebenen und zum zigsten Mal veränderten Seite an meinen Schreibtisch.

„Jetzt sind die Männer wohl langsam ein bisschen überarbeitet. Was die zum Korrigieren hier hergeben ist jetzt aber reines Chinesisch. Hier soll ich Ver-Bun-De-Strich rein schreiben, das gibt es doch gar nicht."

Ich blickte auf die getippte Seite. Sie war übersäht mit unterschiedlichen und verschiedenen handschriftlichen Änderungen, Pfeilchen, Ausgestrichenem usw. Und mitten drin stand, über einige Zeilen verteilt das beanstandete Ver-Bun-De-Strich.

Ich las das, wieder und wieder, aber es wurde nicht verständlicher.

Ich schnappte mir diese Seite und begab mich zum Chef und den anderen wichtigen Herren.

Die guckten hoch, fühlten sich etwas gestört, und zeigten das mit Missbilligung.

Erhobenen Hauptes legte ich die bekrakelte Seite meinem Chef vor die Nase und fragte, vielleicht etwas überheblich, was denn dieser Blödsinn hier sein sollte.

„Selbst im größten Stress sollten die fachlich so bewanderten Ingenieure doch bitte darauf achten, was sie uns da zum Korrigieren vorlegen!“

Es war schön für mich, auch mal einen Fehler gefunden zu haben.

Mein Chef blickte auf die besagte Seite, guckte zu mir auf, schaute wieder fragend auf das Papier.

„Was ist damit?“

„Ja sehen sie das nicht, lesen sie doch mal den Quatsch: Ver-Bun-De-Strich! Was für ein Strich soll das bitteschön sein?“

Ich war richtig großkotzig!

Wieder las er den beanstandeten Absatz in dem Gewirr von Korrekturen.

In der Zwischenzeit gesellten sich die anderen Herren zu uns. Nun lasen sie alle immer wieder die von mir beanstandete Stelle im Text.

In die Stille des Raumes las mein Chef dann vor: Verbund-Estrich! Und auf mich blickend, in seinem Gesicht las ich Unverständnis über meine Dämlichkeit, sagte er dann noch: „Es gibt Verbund-Estrich beim Bauen, auch Trocken-Estrich oder auch schwimmender Estrich kann vorgegeben sein…“

Auch die anderen Herren straften mich mit Blicken, die mich am liebsten im Erdboden hätten versinken lassen. Oh, war das peinlich.

Kleinlaut zog ich ab, meinen roten Kopf haben die aber gesehen!

Meiner Kollegin erläuterte ich die richtige Schreibweise und Bedeutung. Und dann fingen wir recht herzlich an zu lachen.

Kennen Sie das? Jemand liest etwas Falsches vor und man selbst liest dann genau den gleichen Blödsinn nach.

Aber in den Blicken des Chefs las ich deutlich, dass er sich fragte, was er denn da für eine dumme Person neu eingestellt hatte.

Diese Meinung konnte ich dann im Laufe der folgenden Jahre revidieren, wir waren 15 Jahre lang ein recht gutes Team.

Aber der Ver-Bun-De-Strich ist immer ein solcher geblieben, auch die anderen wurden zu Schwimme-Strich oder Trocke-ne-Strich, was immer einen Lacher zur Folge hatte.

Komm ins Bett, Schätzchen

Vor Jahren wohnte bei mir das Carlchen, eigentlich Carlernst, mit C und ohne Bindestrich.

Carlchen war ein übergroßer blauer Wellensittich, der sprechen konnte wie ein Weltmeister. Und durch seine Übergröße hatte er eine richtig gute und deutliche Sprache.

Auch sein Gehirn muss übergroß gewesen sein, denn er lernte in rasender Geschwindigkeit immer mehr dazu.

Dabei merkt man als Vogelbesitzer erst, wie blöd man doch selber ist, indem man immer den gleichen Quatsch sagt. Und so ein Vögelchen plappert alles nach, wenn er es nur oft genug vorgesagt bekommt.

„Hallo Schätzchen", wenn ich abends nach Hause kam, „Tschüß", wenn ich das Haus verlies. Wenn ich ins Bett ging, durfte er noch eine Weile auf meinem Kopf sitzen, also forderte ich Ihn auf „komm ins Bett Schätzchen", wenig später ist er dann immer in sein Häuschen, so hieß sein Käfig, zum Schlafen geflogen, nicht ohne mir eine gute Nacht zu wünschen.

Und wenn er mich mal allzu sehr ärgerte bekam er das Kommando: „Nö, jetzt nicht" oder „hör endlich auf, du Banause".

Er hatte so ein großes Vokabular, das alles hier aufzuzählen wäre müßig.

Er konnte singen, fluchen, lachen. Er kannte das Zeitzeichen aus dem Radio, das war immer an, wenn ich nicht zu Hause war. Auch konnte er klingeln wie das Telefon, Surren wie die Türklingel und sogar das Martinshorn der Polizei war ihm nicht zu schwer. Dieses ließ er gerne ertönen, wenn er im Übermut durch die gesamte Wohnung düste.

Wenn Carlchen in Plapperlaune war schrie er alles was er konnte in verschiedensten Kombinationen in den Raum, manchmal auch direkt in mein Ohr, denn auf meiner Schulter war sein Lieblingsplatz.

Da passierte es oft, dass er sein Köpfchen in mein Ohr zu stecken versuchte, um dann laut und schrill „Liiiiebling“ zu rufen. Das mein Trommelfell keinen Schaden genommen hat ist fast ein Wunder.

Und gemein konnte er sein. Einmal hatten wir ein Logiervögelchen, ein ganz junges Kerlchen, für ein paar Tage zu Besuch, Das mochte er gar nicht, er entwickelte eine riesen Eifersucht.

Der kleine Besuchvogel folgte dem Carlchen auf Schritt und Tritt, was dann zur Folge hatte, dass mein Carlchen einen Flug im Wohnzimmer startete. In einem großen Kreis flog er um die Lampe, und der kleine immer hinter ihm her. Dann beschleunigte mein Carlchen seine Flugbahnen rasant. Er wurde schneller und schneller, der Besucher auch.

Und da das Carlchen ja Heimvorteil hatte und sich gut auskannte flog er plötzlich einen Haken, durch die Tür raus aus dem Zimmer und in die Küche. Der kleine wollte das dann auch, flog aber jedes Mal an den Türrahmen und stürzte unter wildem Geflatter ab. Gott sei Dank hat er sich nichts dabei getan.

Carlchen hingegen saß irgendwo in der Küche, trampelte von einem Beinchen aufs andere und in seinem Gesichtchen stand zu lesen ‚ha, abgehängt!’

Solche Flugmanöver wurden gerne auch mit Kommentaren belegt wie „komm schon“ oder „na du alter Blödmann“ usw.

Das Logiervögelchen hat es nie geschafft, dem Carlchen zu folgen obwohl er es zig Mal versuchte.

Eines Tages kam mein liebster Arbeitskollege mich besuchen. Wir waren auch gute Freunde.

Es klingelte an der Tür, Carlchen saß wie immer auf meiner Schulter als ich öffnete.

Der Kollege stand draußen und Carlchen begrüßte ihn mit sehr deutlichen und lauten Worten:

„Hallo Schätzchen, komm ins Bett, nö, jetzt nicht, und Tschüß!“

Mein Besucher guckte ungläubig auf mein Carlchen, war dann aber schlagfertig und mit erhobenem Finger rief er mein Vögelchen zur Ordnung.

Der wiederum ließ sich nicht lumpen und kommentierte die Rüge auf seine Art: „Komm schon, komm einfach her…“

Die Lacher hatte er ganz und gar auf seiner Seite!

Das Carlchen ist nun schon so viele Jahre im Vogelhimmel, aber manchmal höre ich ihn im anderen Zimmer piepsen, ein ganz leises kleines Piepsen, was für mich bedeutet, dass er eigentlich immer noch bei mir ist!

Die Oma-Uhr

Als meine Oma in ein Altenheim zog vermachte sie mir ihre Standuhr.

Das war eine große Eichenuhr mit vielen Schnitzereien und einem mächtigen und erhabenen Schlagwerk.

Diese Uhr begleitet mich nun seit über 40 Jahren. Sie ist mit mir einige Male umgezogen, sie hat in jeder Wohnung mindestens einmal in jeder Ecke gestanden.

Ich habe da eine Technik entwickelt, sie sachte vor mir her zu wuchten, das sie hat immer gut und ohne Schaden überstanden und es nie übel genommen.

Dann war da vor einigen Monaten der Tag, an dem ich einen kleinen Teppich unter die Oma (Uhr) schieben wollte.

Ich hob sie mit der einen Hand an, mit der anderen schob ich den Teppich unter zwei ihrer Beine.

Nun stand die Oma schief.

Ich hob die andere Seite an und zog den Teppich auch dort hinunter. Das stand der Oma gar nicht. Jetzt stand sie schräg nach hinten.

Also hiefte ich sie erneut hoch, um den Teppich erstmal wieder vor zu ziehen. Dabei ächzte die Oma ein ganz klein wenig.

Und dann geschah etwas ganz fürchterliches. Die Oma rutschte mir aus der Hand, bekam nach vorne Übergewicht, machte eine kleine Drehung und stürzte glatt nach vorne. Ich konnte mich nur durch einen kleinen Schritt zur Seite retten, sonst wäre sie auf mich gestürzt.

Sie landete mit einem kurzen trockenen Krach genau auf dem Bauch, und das millimetergenau zwischen der Marmortischplatte und einem großen Hocker, wie abgemessen.

Ich hatte in einen Schock und vor Schreck war mir ganz übel.

Nur kurz versuchte ich sie wieder aufzurichten, was mir natürlich nicht gelang. Meine Arme reichten nicht aus, sie zu umfassen und außerdem krächzte und quietschte sie ganz fürchterlich.

Ich rannte wie ein kopfloses Huhn durch das Haus, fluchte, heulte und stand total neben mir. Mein Mann war unterwegs und keiner konnte mir helfen. Da kam mir der rettende Gedanke.

Zitternd wählte ich die Nummer des Tischlers aus dem Nachbardorf, den wir gut kannten, denn er hatte schon viel für uns erledigt.

Er antwortete auch schnell am anderen Ende und begrüßte mich mit vielen freundlichen Worten.

„Nee, ich will nicht groß reden, dies ist ein absoluter Notfall, ein Megagau! Die Oma ist mir aus der Hand gerutscht, ist nach vorne gekippt und nun liegt sie quer im Wohnzimmer auf dem Bauch. Ich glaube dass was gebrochen ist, und niemand ist da, der mir helfen könnte!“

Es war für Sekunden Totenstille in der Leitung, er schnaufte nur ein wenig.

„Und was soll ich jetzt tun? Warum rufen Sie gerade mich an, ich bin doch kein Sanitäter. Rufen Sie die Feuerwehr oder wenigstens den Notarzt!"

„Wieso die Feuerwehr? Die Oma brennt doch nicht!"

Wieder war dieses Schweigen mit dem Geschnaufe in der Leitung.

Und nun endlich merkte ich, was ich da für einen Quatsch erzählte. Meine Gedanken fingen an, sich wieder zu sortieren, wie ein Krampf, der sich langsam löste.

Ich fing noch mal von vorne an. Dabei sprach ich nun nicht mehr von der Oma, sondern von der Oma-Uhr, die kannte er doch schon und hat sie mal bei uns bewundert.

Nun verstand auch er den Notfall richtig zu deuten

Etwas später kam er um zu retten. Mit vereinten Kräften halfen wir der Oma wieder auf die Beine. Ihre Vorderfront war ziemlich lädiert und sie hatte sogar unter sich gemacht. Der ganze Teppich war voll mit kleinen Stückchen und Splittern.

Er nahm sie mit in seine Werkstatt und hat sie nach einigen Wochen wieder nach Hause gebracht, genesen.

Sie sah wieder richtig gut aus, wie geliftet und von allen Alterserscheinungen befreit, fast ein wenig reifer…

Dabei hat mir mein Tischler auch verraten, was er damals bei meinem Notruf von mir gedacht hat, aber das muss ich hier wohl nicht weiter vertiefen, oder? Er war nur froh, dass ich doch noch bei Sinnen war.

Eine kleine Heimreise

Wir saßen bei meinen Eltern in einer sehr lockeren Runde, es wurde auch Alkohol getrunken.

Ich war noch sehr jung und hatte gerade den Führerschein gemacht. An Alkoholisches war ich nicht gewöhnt, somit stieg er mir schnell und heftig in den Kopf.

Ein Freund meines Vaters, dem der Alkohol heftig zugesetzt hatte, bat mich, ihn nach Hause zu fahren, in einem sehr großen und sehr noblen Auto.

Ich, die Fahranfängerin, war von dem Vertrauen überwältigt und stimmte sofort zu.

Wir fuhren los, rechts herum, es waren nur einige wenige Kilometer.

Dort angekommen saßen wir eine Weile im Wagen und redeten. Dann beschloss der Vaterfreund nun mich nach Hause zu fahren, wie käme ich sonst zurück?

Wir tauschten die Plätze und er fuhr mich nach Hause, links herum.

Dort wiederholte sich der Vorgang, nach ein paar Worten wechselten wir die Plätze, und ich fuhr ihn wieder nach Hause, rechts herum.

Durch das rechts herum und links herum brauchten wir niemals zu wenden, unsere Reise wurde nur durch den Fahrerwechsel alle paar Kilometer unterbrochen.

Nachdem wir dieses Nach-Hause-Fahr-Spielchen ca. sechs Mal betrieben hatten kehrten wir wieder bei meinen Eltern ein und machten ein erholsames Nickerchen.

Bemerken möchte ich, so ein wenig zu meiner Entschuldigung, dass sich alles in einem Außenbezirk Berlins abgespielt hat, das war damals wie auf dem Land, und es war ein Sonntag, da waren keine Autos außer uns auf der Straße und die Polizei war nicht so präsent, wie es heute der Fall ist.

Aber der Stolz über das Vertrauen, dass mir (vergessen wir mal den Leichtsinn des Alkoholfahrens!!) entgegen gebracht worden ist hat bewirkt, dass wir noch heute, so viele Jahre später, sehr gute Freunde geblieben sind.

Und wenn wir uns heute verabschieden kommt immer von einem von uns der Ausspruch „…nee, du brauchst mich nicht zu bringen…“

Betonen möchte ich auch noch, dass Alkohol am Steuer für uns ein großes Tabu geworden ist, für uns beide!

Kein kleiner Hund Wetter

Heute ist einer meiner Mitbewohner ein ganz kleiner Hund, das Mäxchen.

Mäxchen ist ein Jack Russel Terrier, das heißt er hat Beinchen, die nicht länger als 15-20 cm lang sind.

Er ist ein sehr munterer und unerschrockener kleiner Geselle, der für sein Leben gerne im Garten herum tollt. Wenn nicht mit mir dann doch mit seiner Frau, der schwarz-weißgescheckten Gina, oder meinem Mann.

Gina ist eine, unter anderem, Border Collie-Dame, und viel Größer und mit viel längeren Beinen als das Mäxchen.

Und nun hatten wir ja Winter. Nicht nur, dass es sehr kalt war, wir hatten auch Schnee, und das richtig viel.

Draußen lagen über 40 cm der weißen Pracht. Und durch den vielen Wind der letzten Tage gab es auch sehr viele Schneeverwehungen. Da reichte der Schnee bis an meine Hüfte, von Mäxchens Hüfte ganz zu schweigen.

Und für den wurde es von Tag zu Tag schlimmer. Bei jedem Schritt steckte er bis zum Hals in der weißen Pracht.

Nun denken Sie sich mal in seine Lage, das Lebensnotwendigste war nicht mehr möglich, das tägliche Käckerchen wurde zum Höllentrip. Immer wenn er sich hinhockte verschwand er gänzlich im Schnee.

Der Schnee fiel so heftig, sodas es uns nicht möglich war, immer Schneisen in den Schnee zu schaufeln, damit es fürs Mäxchen leichter wird. Nach einer kurze Zeit war jeder von uns geschaufelte Mäxchen-Graben wieder weg.

Immer wenn er sich anschickte, seinen typischen krummen Buckel zu machen versank er in der weißen Pracht. Der kleine Po verschwand unter einer weißen Wolke.

Und wenn er dann nicht mehr warten konnte, kam das Würstchen immer hinter ihm her, es konnte ja nicht, wie sonst üblich, herunterfallen.

Wir mussten ihm also helfen.

Wir planierten Stellen für ihn im ganzen Garten, setzten ihn darauf, nichts, da konnte er nicht.

Wir gingen vor ihm durch den Schnee, trampelten Pfade, damit er uns folgen konnte. Tat er auch, aber der krumme Buckel wollte nicht kommen

Am dritten Tag hatte er es satt, Wir gingen mit ihm, wie immer, nach draußen. Mäxchen sprang über die Schwelle, hielt inne und kackte rückwärts auf die Stufe, groß, weich und mitten drauf.

In seinen kleinen Knopfaugen las ich große Erleichterung und ein ganz bisschen Schuldbewusstsein, aber nur ein ganz kleines bisschen.

Bei den folgenden Gartengängen wurde besagte Schwelle vorher immer mit einem Stapel Zeitungspapier belegt, das half ihm und auch uns. Auch schwand sein Schuldbewusstsein, das Zeitungspapier-Käckerchen wurde für die schneereiche Zeit zur Normalität.

Kaum setzte später dann die Schmelze ein erlebten wir ein überglückliches Mäxchen. Er genoss jedes Stückchen schneefreien Garten.

Lieber Gott, habe Verständnis für kleine Hunde und lass es nicht mehr so schlimm kommen.

Jedenfalls wissen wir jetzt, woher der Spruch kommt: ‚Da jagt man keinen Hund vor die Tür'!

Neudeutsch

Ich relaxte gerade in meiner Home Zone und hatte lange Weile.

Chatte ich noch, gehe ich noch mal Online? Aber eigentlich waren mir diese Web-Activities für heute suspect.

Ich entschied mich fürs Shoppen, und das mal ganz umweltbewusst, per Rail.

Also: High speed zum Auto und schon war ich on the Road. Unterwegs überlegte ich, ob ich vielleicht im Shoping-Center einen Latte irgendwas trinke, oder vielleicht doch lieber einen Coffee to go? Na mal sehen.

Im Radio lauschte ich konzentriert einer Talk-Show und hätte fast die Inline-Skater übersehen, die mit high Speed die Straße kreuzten. Autofahren ist eben Stress pur!

Ohne weiteren Trouble stand ich dann auf der Park & Ride-Area. Ich löste ein Ticket und checkte in den Express ein.

Mit high speed brachte mich der Airport-Express zur ausgewählten Location, die lag auf seinem Weg.

Ich war da schon lange nicht mehr, war also lost. Hätte ich bloß ein Navi für Walker dabei.

Offensichtlich startete gerade ein Event on Stage. Die Kids drängelten Back-Stage, die Street-Worker waren lost und die Sight-Seeing-Crowd war amized. Ich jedenfalls war genervt!

Also erstmal zum Relaxen in einen Coffee-Shop. Ich entschied mich nicht für einen Coffee to go sondern gönnte mir ein Break und einen Coffee-Late mit extra Cream on Top.

Im Hintergrund lief gerade eine Soap auf dem oversize Screen, die ich easy verfolgte. Der Sound der vielen Kids, die nach Icecream schrien ging dabei fast unter, thanks God!

Dann hieß es für mich wieder back to the Road.

In einem Beauty Shop stellte sich für mich die Frage ob ich mich für ein Anti-Aging-Product oder besser für die Milk mit den Liposomen entscheide. Der Sales Manager hatte richtigen Stress bei meiner Beratung, er versuchte es mit einem Intensive-Coaching.

Ich musste dann nur noch zwischen Name- oder No-Name-Products entscheiden.

Vor einem High-Tec-Shop drängelte sich eine big Crowd. Auf den Demo-Flat-Screens lief ein Remake einer alten Doku Soap. Viele der Kids standen mit offenen Augen davor und vergaßen glatt zu Simsen, kaum einer hatte sein Handy in Action, keiner suchte nach Aps auf dem Touch-Screen.

Mich trieb es in einen Book-Shop. Ich suchte nach einem Present für einige Youngsters aus meinem Sporting-Team. Aber, bad Luck, meine Suche war nicht erfolgreich. Die Sales-Crew nahm sich viel Zeit für mich, riet mir dann aber zu einem Download aus dem Web. Das bliebe dann auch im Lower-Price-Budget. Und wenn dass nicht mehr In ist, könnten die Kids es ja per Net-Shoping weitergeben. Bei E-Bay hätten solche Sachen ein high Ranking, natürlich nur bei low Costs.

Wieder draußen fiel mir ein, dass ich wieder mal vergessen hatte, meine E-Mails zu checken. In einem Net and Web Store holte ich das schnell nach. Da war ich ganz fix Online und konnte weiter shoppen.

Mir fiel ein, dass ich noch Sachen aus der Food-Area brauchte. Auch einige Fast-Food-Items hatte ich auf meiner Memory-List.

Jetzt kamen mir langsam Zweifel, ob meine Shopping-Tour per Rail die richtige Entscheidung gewesen ist. Wenn alles, was ich gelisted hatte, beisammen war, auch die vielen Soft-Drinks, die ich noch brauchte, reichen meine Bags nicht aus.

Ach ja, ein Six-Pack fehlte auch noch, ganz zu schweigen vom Wash-Gel und dem Dog-Food.

So ein Trip mit dem Regio-Express ist schon much stressiger als mit dem Auto.

Vor dem Trip nach Hause wollte ich wenigstens schnell noch einige Dreams dreamen, just for Relaxing and just for Fun.

Ich besuchte einen Travel-Shop und ließ mir Angebote für Wellness Holidays machen. Die Auswahl der Locations war Top. Ich erfuhr alles über Milk & Honey Massagen, mit einem Augenzwinkern auch einiges über Thai-Massagen. Spa-Resorts wurden mir schmackhaft gemacht. Dream-Lines wurden mir angeboten, auch Sport-Resorts ließ man nicht aus.

Die Travel-Shop-Managerin begab sich immer mehr on the highest Levels der modern Wellness Vacations.

Mich brachte es auf den Boden meiner Realitäten zurück.

Ich kämpfte mich mit meinen Shoppingbags durch die Crowd, back to the train, und hatte dann big Problemes ohne Sitzplatz und mit bereits abgelaufener Fahrkarte mein Auto auf dem Parkplatz zu erreichen.

Endlich zu Hause angekommen erholte ich mich bei leiser Musik und einer schönen Tasse Kaffee. Ich machte gedanklichen Urlaub in einem ganz normalen Ferienhäuschen, ohne Telefon und Computeranschluss, ja eigentlich ohne Technik und neumodischem Gelaber.

Und wenn ich meiner überangestrengten Haut was Gutes tun will, schmiere ich mich mit einer ganz normalen Hautcreme ein, ohne undefinierte und neumodische Zusätze.

Auch vor meinem stinknormalen Fernsehgerät lasse ich mich nicht aus der Ruhe bringen, wenn mir gesagt wird, dass man mich nur entertainen will oder ich aufgefordert werde: „Colour Your Life".

Da höre ich einfach weg, ganz altmodisch und mache einen geruhsamen Spaziergang, und den dann auch ohne nordisches Gewalke

Nachwort

Das waren jetzt zig Kleinigkeiten, die mir am Wegesrand begegnet sind, die mir aufgefallen sind, und bei denen ich dachte, sie wären aufschreibenswert.

Und beim Aufschreiben musste ich oft mal schmunzeln, manchmal sogar lachen. Alte Erinnerungen waren plötzlich wieder so präsent.

Ich wünsche mir, dass jedes Schmunzelchen ein ganz kleines helles Pünktchen in unserer ach so grauen Welt hervorruft.

Dann hat sich die Mühe des Aufschreibens gelohnt!